石兆佳題書

2016年7月6日

花开的声音

石兆佳 著

自负本身就是才华的贴身侍女，没有它，就没有去实现自己梦想的勇气和毅力。

文匯出版社

图书在版编目（CIP）数据

花开的声音 / 石兆佳著. —上海 : 文汇出版社, 2013.5

(作家文汇书系. 第3辑)

ISBN 978-7-5496-0824-9

Ⅰ. ①花… Ⅱ. ①石… Ⅲ. ①中篇小说–小说集–中国–当代②短篇小说–小说集–中国–当代③散文集–中国–当代 Ⅳ. ①I217.2

中国版本图书馆 CIP 数据核字(2013)第095816号

作家文汇书系（第三辑）

主　　编 / 卞　宏
责任编辑 / 唐　麒　乐渭琦
特约编辑 / 曾云龙
装帧设计 / 马红玲

出 版 人 / 桂国强

出版发行 / 文匯出版社
上海市威海路755号（邮政编码200041）
经　　销 / 全国新华书店
印刷装订 / 无锡童文印刷厂
版　　次 / 2013年5月第1版
印　　次 / 2013年5月第1次印刷
开　　本 / 880×1230　1/32
字　　数 / 1560千
印　　张 / 69

书　　号 / ISBN 978-7-5496-0824-9
全套定价 / 198.00元

谨以此书献给父母的在天之灵，感谢他们给我的生命与爱。

目 录

文学的力量

——关于石兆佳及其《花开的声音》

聂 茂

石兆佳的文集《花开的声音》电子版文稿发给我已有些时日，她希望我就她的创作谈一点个人感想。我很惭愧，对于这样一个小小的要求，我却一拖再拖。虽然，我有种种理为自己开脱，甚至婉拒这类书写，但面对兆佳真诚的短信和电话，我无法拒绝，也不想为自己开脱。于是，利用工作空隙，断断续续地读完了该书。

说真的，这本书勾起了我对往昔岁月的美好回忆。那是上个世纪九十年代，具体地说，是1991年，我在复旦大学求学时，认识兆佳的。她是第二届的，我当时因为要考研究生而忙得不亦乐乎，很少与兆佳一起上课，见面也不多。印象中，兆佳善良，文静，淡雅，丰腴，有着一种成熟的美丽，但眉宇间似乎有一丝忧郁，有一种对于世界的飘忽不定的惶恐。当时还不知道这种“忧郁”和“惶恐”意味着什么。毕业许多年后，我才慢慢了解到她的身世，她的病况，她的苦难与对文学的坚守。据说她的父亲给她取名时，希望她能有一百万个好，这是“兆佳”名字的本意。但父亲的这个美好愿望并没有给兆佳带来好运。相反，仿佛是一道符咒，兆佳竟然得了一种令人不安的病。她的身体里仿佛有一头野兽，潜伏着，随时有可能醒来撕咬她，或窜出来摧毁她，让她陷入一种欲罢不能的绝望。

兆佳至今未嫁，或者说，她把自己的美丽和智慧“嫁”给了文学。她跟文学谈心，恋爱。这本散文集是兆佳的第二本书，是她跟文学恋爱的结晶。全书由73篇文章构成，其中包括中短篇小说各1篇、小小说2篇、散文59篇、书评9篇，再加上1篇后记。这本书不是鸿篇巨制，但也不是小打小闹，它是兆佳情感的风向标，是兆佳喜怒哀乐的见证。

这本书的第一篇《花开的声音》标名是中篇小说，其实可以看成是她的自传。在这里，兆佳“用笔记下了花开时的声音，以此作为对自己青春岁月的一点凭吊。”这些文字，仿佛有一道梦想的力量注入体内，兆佳为梦想而奋斗，虽九死其犹未悔。“花开的声音”，不仅形象，而且浪漫，颇具诗意，它是一段生命历程的自白。兆佳十分孤独，但她还是发誓要做一点有意义的事情，来充实生命。有梦想，坚守，并为之奋斗，纵使没有惊天动地，也不会无怨无悔。《花开的声音》从主人公赵焱高中毕业到赴复旦求学的种种遭遇，浓缩了兆佳苦难的生命履历和不平坦的求学之路，也镜射了当时社会的真实状况：琼瑶金庸开始流行、海外关系成了最热门的关系、中国大陆的人出去了不少、女画家和诗人席慕蓉的诗典雅但不忧伤、1989年的学潮等标志性事件恰到好处地贯穿于文章之中，带领读者走入一个时光隧道，让读者真切地了解那一段风云变幻的历史以及时代风暴中个人的渺小与生活的艰难。

这篇小说最为动人的是作者以回忆性的口吻展现出一段曲折的九死未悔的寻梦之旅。赵焱师专化学科毕业，因市区的化学教员过剩，主人公签下保证书留在某中教务处刻蜡纸，但她是一个有理想的人，“不管干什么，不管去哪里，我都要当作家!”她在心里暗暗发誓。为着这个信念，她几乎将她所有的业余时间都用在了读书上，读书、写作成了本能，不管岁月如何的变迁，她的梦想不变。她的初期小诗便是这段生活的写照，“我是一株小草/刚从温暖的地下钻出/靠自己凝聚露珠/梦想长成挺拔的大树/没有人浇水施肥/但有足下的大地依靠/阳光和雨露是我的乳母/狂风和雷电把我的性格塑造”，平凡而又不平凡。几经起伏，历经艰难，可以改变的东西很多，但唯一不变的仍然是“我要读书”，不仅不变，而且愈加清晰和坚定。在后记《虽九死其犹未悔》中，兆佳有这样的夫子自道：少年时正逢“十年动乱”，全国只有“八个样板戏，一个作家”，她可看的书实在有限，而且又是“读书无用论”“知识越多越反动”的时代，因此，兆佳的理想实在不合时宜。她只能把理想的种子悄悄埋在心底，她想生活的土壤会让它生根发芽并且开花结果。为了这个理想，她愿意忍受一切苦难。反观如今这个社会，条件固然比那个时候好得多，但也有太多的无奈，许多美好的想法做起来大都事与愿违，人们有可能就在新的环境中转变自己，以适应环境，放弃了或忘记了当初的梦与真，然后自怨自艾或说一句“我别无选择”。当下青年的“善变”与兆佳的“执拗”适成对比。这不是一本励志小说，但却充满了阳光、骨气与正能量。

兆佳的这本书除了“真实”之外，诗情画意也是文本的一大特色，全书语言准确、生动、凝炼，尽显古典之美。“便引诗情到碧霄”、“朝花夕拾杯中酒”、“日日花前常病酒，不辞镜里朱颜瘦”，“夜夜梦魂休谩语，已知前事无寻处”等等，几乎每篇中都有古今中外的名言诗句恰到好处地融入其中，优美动人，令人回味。

与此同时，书中的多篇游记也为该书锦上添花，无论是人文景观还是自然景观，各个景致的生动描绘使得人如临其境。无论是上海世博会、城市规划展览馆、黄浦江、新天地，还是北京的鸟巢、水立方、国家大剧院、中央电视台新大楼，甚至湖南的韶山、凤凰、张家界；山西的五台山、雁门关、云冈石窟、乔家大院、平遥古城；澎湖、桃源洞、太姥山、白水洋，等等，这些大好河山，既是中国改变开放的时代镜象，也是作者生命旅程的真实缩影。

读了兆佳的文字，想起那一段难忘的岁月。兆佳对于文学的追求令人动容。她节衣缩食，对文学的痴迷远非普通作家可比。人们常说，文学的力量在于抒发作家内在的情感，让隐藏在内心深处的思想得到宣泄，同时传达作家对社会的责任与担当，开启读者的心灵。国家不幸诗家幸，个人的灾难与创伤对于作家而言也许是一笔难得的财富。“昔西伯拘羑里，演《周易》；屈原放逐，作《离骚》；左丘明失明，厥有《国语》；诗三百首，大抵是作家的发愤之作也。”从审美心理学来看，所谓文学的“疗伤”即作者在文学创作中通过对艺术形象的创造，释放自己的情感、欲望等，使自己的心灵获得安静，得到快乐。兆佳在追求梦想的征途中，文学成了她心灵的避难所，文学也照亮了她的人生。可以毫不夸张地说，文学扩充了兆佳生命的长度与宽度，文学拓展了她精神的深度与广度。我为兆佳感到庆幸。正如作家雪漠在谈及文学的力量时强调的那样，

"有力的终将无力，无力者终将强大。强权的力量固然强大，但它是依附于肉体的。肉体的消亡，往往是强权的终止。而文学，真正的文学，因为其抚慰灵魂的力量，却成为人类不可忽视的存在。"每个人的生命都有限度，但文学的价值没有限度。我不敢说，兆佳因为文学而不朽，但我敢说，兆佳因为文学而不孤寂。文学让她永葆初恋的情怀，文学让她拥有怀胎十月的幸福感。这本书难道不是她的第二个孩子吗？总之,《花开的声音》是一本值得一看的好书，对于人生途中的迷茫者，特别是对于文学爱好者而言，在这里不仅可以看清方向，找到知音，而且还可以获得前行的力量和对梦想持久的激情。

写到这里，我突然想起一件事情来：博尔赫斯晚年双目失明，一天，他拄拐过街，拐杖不慎碰到流氓，遭到极端羞辱。后来他撰文说，生活中难免遇到让人羞愧的事，遇到所谓的坏人，文学不能给你出气，你不能用诗句去反驳他，但文学可以给你疗伤。文学让人内心更柔软有弹性，吃得起亏容得下苦，因为所有文学作品都在讲一个故事：人生是苦的。

博尔赫斯所讲"你不能用诗句去反驳他"，的确如此。与流氓谈文学，犹如对牛弹琴。这也是莫言在斯德歌尔摩领奖台上宣称"文学的无用"一样。但文学真的无用吗？于博尔赫斯而言，文学就是他心目中的"光明"；于莫言而言，文学就是"打开与灵魂对话的窗口"。对于并不知名的作家兆佳而言，文学不仅可以"治病"，可以"疗伤"，文学更给了她活下去的"理由"、"力量"和"勇气"，文学让她放飞梦想，让她深深知道，即便病魔无情地折磨她，但她仍然活得充实，活得真实，活得有尊严，活得有价值、有意义！我相信，写出这么些力作的兆佳，一定还会克服各种困难，写出更多更美的作品来。我为兆佳祝福，为有这样的同学感到光荣和骄傲！

聂茂，归国博士。湖南人。曾在鲁迅文学院、复旦大学、湘潭大学和The University of Waikato深造。长期在媒体一线从事编辑、记者工作。现为中南大学文学院教授。系中国作家协会会员、国家社科基金通讯评委、第五届鲁迅文学奖评委以及湖南省作家协会理事、湖南省评论家协会理事等。

已在国内外报刊发表各类作品300余万字。曾获得世界华人文学大奖赛小说组一等奖、新加坡《联合早报》小说新人奖一等奖、《人民文学》创刊45周年（1949–1994）散文大奖和1998年度湖南省青年文学奖等。

出版的著作主要有：散文集《心灵的暗香》、诗集《因为爱你而光荣》、长篇小说《情泊奥克兰》、文学评论《民族寓言的张力》、译著《世界上最伟大的推销员续集》、《十羊皮卷》和《激励圣经》（台湾出版）等30余部。

自 序

我的生命已度过一半时光，
听任岁月悄悄地离我而去，
不曾实现青年时期的抱负——
建一座诗歌之塔，有巍峨的护墙。
并不是怠惰，并不是放荡，
也不是纷扰不宁的焦灼情绪，
而是悲哀，几乎致我死命的忧郁，
阻碍我实现那可能实现的理想。
在登山的中途，我回头俯视，
望见了“往昔”，它的声音和景象——
天边的苍茫暮色中的一座城市，
飘烟的屋顶，柔和的晚钟，闪烁的灯光；
听到遥远的高空，飒飒的秋风里，
预示“死亡”暴雨的雷声在隐隐震响。

美国著名诗人朗费罗的这首《中途》应当是中年后写的，已经没有了他的成名作《生之礼赞》那种“一个有为的世纪的精神蒸汽机”(诗人惠蒂尔语)的鼓舞人心的声音。我今年五十岁了,是“花谢花飞飞满天”的时候，我回首往昔，用笔记下了花开时的声音，以此作为对自己青春岁月的一点凭吊。

我想我是一朵孤独的昙花，寂寞地开放在午夜，我有幸看到了月亮和星光，感受到了夜晚的神秘和湿润，虽然开得那么短暂，但毕竟是一朵花。

为此，我感谢上苍。

中篇小说

花开的声音

一

一双男人的大手在我高耸的乳房上触摸。一手拿着听诊器，另一只手很不老实，在我的乳房上好像停留得有点久。我感到很紧张，眼睛看着天花板，吞了口唾液，抿了下嘴唇。

“你的心跳太快了，明天来复查!”大圆脸的中年医生说。

这是高考上线的考生在第一医院体检。十六岁的我，第一次被男人的手触摸了乳房。不是我有病，是因为你。我恨恨地扫了眼医生，拿了体检表，回家了。

“我的心跳太快，明天要来复查。你呢?”回家的路上，我对和我一起来的张馨说。“我没事，一切正常。”瘦小单薄矮我一个头的张馨说。“我的‘发育情况’一栏是优秀，你呢?”我又问。“我是中等。”张馨说。我心想我没事。我每天早上挑完12担水后才去上学也考上了大学，身体够棒，是那个男医生的缘故。我安慰着自己，和张馨说说笑笑地一路走着。不知不觉就到了家。

这是厦门大学的教工宿舍。1977年初搬进这栋楼后我们住上下楼，每天一块结伴上学。张馨的母亲在中文系教写作，一天，张馨告诉我，她把我的一篇作文范文拿给她妈妈看，她妈妈看后说写得不错，很有感情。我知道她在写小说，是我们年段的才女，作文竞赛她得了一等奖，而我只是第四名。

“妈妈，医生说我心跳过快，要我明天去复查！”一进门我就对母亲说。“不会吧。张馨怎样？”“她没事。”母亲说：“她那样风吹就倒的都没事，你也不会有事的。”母亲边安慰我，边到邻居洪医生家咨询。女洪医生说没事，一定是心里太紧张的缘故，她给了我一片药，叫我早上服后中午睡一觉，下午再去体检。

第二天下午，我独自去了医院，给我复查的是个女医生，我很坦然地躺在床上，听任她的检查和询问，很快地，她就说没事，一切正常。我如释重负地回家，心里一块石头总算落了地。

接着，我收到了集美师专化学科的录取通知书。我的梦想很快就要实现了。我的心里泛起了阵阵涟漪。当时的广播里正播放着一篇国家主要领导人鼓舞人心的文章，说“这是一个志士建功立业的时代，这是一个需要巨人而必将产生巨人的时代！”我想，我赶上了一个好时代。我要努力。

当时的厦门，从厦大到市区只有两路公交。1路车的终点站是火车站，2路的终点站是轮渡。火车站以北到集美都是郊区，沿途都是农田。我在厦门出生长大，可是在去师专前没有到过集美，只是童年乘火车经过海堤时从车窗口眺望过高高的南熏楼和龙舟池畔的亭台，对她们的美留有很深的印象。那时在我的心中，集美就是集天下之美。因此，我为自己能到集美上学感到骄傲和自豪。

母亲带着小我11岁的弟弟和我一起在厦大的南校门口等厦大的校车。和我们一起候车的还有一位厦大教师，他的女儿是我的同学陈思华。母亲的泪水直淌，使我一阵心慌，只觉得手足无措，仿佛自己做错了什么。陈思华的父亲见状对我说："你以后每个星期天都回家吧，你父母亲年纪大了，他们很爱你啊。"

汽车在师专的科学馆前停了下来。我搬下行李，和大家一起到对面的女生宿舍，找到了自己的铺位。一间宿舍住12个人，上下铺，进门左三张床的中间上铺是我的铺位，对面也是三张床，中间用一列课桌隔开。

我在下铺的床下放了自己的箱子，母亲和弟弟去附近捡来几块废砖垫着。这个皮箱是五十年代父母结婚时就有的，它随同我们下放，去过永安乡下，锁坏了，是我自己上学前拿到鞋匠铺叫师傅给我钉上个铁襻，它是我家里最好的一个皮箱了，母亲为它穿上下放时用的"麻袋衣"，觉得它是宝贝。我爬到上铺挂自己的蚊帐，第一次上去有点战战兢兢。我的帐子是母亲自己用缝纫机做的，被褥和床单都是新买的，我叫母亲回去，可她却站在下面看我铺好才走。

我记住了离家前母亲的叮嘱：你年纪还小，不能谈恋爱啊！

集美师专很小。女生宿舍只有一栋楼，是嘉庚式建筑，二楼三楼住人。教室也只有一栋楼，在科学馆的另一侧。食堂离宿舍有点远，在集美小学旁边，男生宿舍也在那里，我从来没有去过，也只有一栋。

因为是师范，我们伙食是吃公家的，伙食费每月12元，八个人一桌。每天都是一个脸盆的高丽菜，上面有几片肉或者每个人一条巴浪鱼。我吃了一星期后就不想再吃。

星期天回到家里，我发现餐桌上的菜比我以往在家时丰盛了许多。有我爱吃的螃蟹、虾以及鱼和肉。父亲和母亲看我一个劲地埋头吃着，知道我在学校里伙食不好，因此以后每次回家，我都能改善伙食。我觉得自己成了家里的客人，再也不用挑水、洗地板、喂鸡了。

我和同宿舍的另外两个厦大教师的子女成了好朋友，一位梁安珏，大我八岁，下过乡，是副班长，能说会道，知识面很广，比我懂事多了，因此，是我的大姐；另一位和我同龄，是应届生，叫张品清，是班上的团干部，对我很友好，我每次不去吃饭，她都会帮我把饭打回来，就像亲姐妹。我们三个人每天一起同进同出，晨起一块跑步到南熏楼读英语，晚上一起去教室自修。梁安珏说我们一定要把成绩搞好，将来分配的时候才可能有个好去处，我们都是知识分子家里出来的孩子，除了读书一无所长。我认为有道理。

刚进校前几周是军训。我们一起进行队列训练。一排女生迎面走过来，我们再走过去。回到宿舍，屋里的两个女生在说班上的一个美女黄海星胸脯很高，走起来一颤一颤的，真难看。梁安珏听后连忙问我："你们是不是都不戴乳罩？回家要赶快去商店买。"我这才知道有乳罩这种东西，我的母亲从来不用的，也没有叫我要用。

回到家和母亲说了，母亲给我买来了一层布的乳罩。我为自己的大胸深感自卑，走路总是低着头，因此有点驼背。母亲还给我买来了当时刚流行的从东南亚来的尼龙三角短裤，在这以前，我们女孩子的短裤都是用花布料做的，是直角。那时还没有卫生巾，因此，来了例假洗起来不容易干，挂在外面晒也不雅观。

给我们上英语课的老师叫孙婷芳，是前两届留校的。她身材高挑亭亭玉立，比我大四五岁，举手投足十分优雅，长得很洋气，像一株白玉兰，素静中显出华贵。我被她的美丽惊呆了，每次她来上课，我都目不转睛。原来这么小的学校也有这么出众的人物！我变得最爱上英语课，我还发现另外一个女英语老师也很美丽，那是一种艳丽，如国色天香的牡丹。几年后她们都出了国，得了博士学位，却都没有结婚。

班上也有两个美女，一个是前面提到的黄海星，是文艺委员兼校播音员，声音柔美，端庄里透着妩媚，像海棠花；另一位是体育委员，擅长跑步，如带刺的玫瑰。我大大咧咧像男孩子，大家以为我是北方人。我看报纸总是看当时的政论和社论，对当时发生的国家大事感兴趣，见一会儿平反了右派，一会儿给刘少奇补开追悼会，一会儿“两个凡是”不提了，进行了“真理标准大讨论”，我对这些总是兴奋得不得了。而其他女生正热爱着女明星陈冲、刘晓庆、张金玲、张瑜。

几次考试下来梁安珏都是第一名。那时的年历贺年卡都是一张半本书大小的图画片，一面印画，一面印年历，面上有层塑料膜。有次安珏拿了一套刚出版的世界名画年历片来送给大家。她能说出每张画的作者和名称。她送我的是达·芬奇名画《蒙娜丽莎》，她说这幅画是这里面最珍贵的，又名《永恒的微笑》，“你看女主角的神态，似笑非笑，充满诱惑。”但我觉得她太胖了，而且衣服也不华美，没啥好看的。但大家公认安珏是我们班的才女，我觉得她智商比我高很多。

那时正好是文学热。发表在报纸上的短篇小说《伤痕》，话剧《于无深处》在全国引起轰动，作家成为万众瞩目的明星人物。我们学校也排演了话剧《于无深处》，与其说是话剧的故事吸引我们，还不如说是剧中男女主人公的恋爱和拥抱吸引我们，他们可都是我们认识的同学演的啊。于是，几个演员出了点风头，他们都是中文科的。

张馨考上了北京的一所大学，但我们常常通信。她的来信总是那么亲切，鼓舞人心。她寄来了她新写的一个短篇小说给我看，我看后传给其他同学。她们认为写得太平淡，太鸡毛蒜皮，没有能够揪住人心的东西，我也有同感，就写信把感想告诉了她。

接着吹来的港台风是喇叭裤、蛤蟆镜和台湾校园歌曲。黄海星经常在宿舍里唱她新学会的歌，我总是听一两遍就会唱，而且声音圆润，音域很宽广，每首歌都能够唱出自己的个性，而且演绎得很有感情，以至于同学们说我应当去当歌星。

不，我要当作家。我在心里说。

全校开会时我们最喜欢听张副校长的报告，因为它最有文化内涵，最有味道，因此，年过半百的张副校长成了我最喜欢的校领导。他高大魁梧，山东人，长得很慈祥，比其他的校领导有魅力。有次大会张副校长给我们讲美学，他引用了白居易的《暮江吟》，声情并茂地给我们朗诵：一道残阳铺水中，半江瑟瑟半江红。可怜九月初三夜，露似珍珠月似弓。他给我们讲解时要我们领略古诗的意境、韵味和中文的美。坐在我旁边的是同安来的女同学郑易，一直在认真地记着笔记。张副校长还跟我们说女生穿裙子很美，而刚流行的《何日君再来》是靡靡之音，抗战时在上海是妓女唱的，“商女不知亡国恨，隔江犹唱后庭花。”

但我们还是偷偷地哼着。我们不是爱这首歌，而是迷恋着邓丽君。邓丽君甜美柔软既古典又浪漫的风采和歌唱令我们耳目一新，使我们第一次明白原来中文歌能够唱得这么亲切，这么通人情、动人心。

“在哪里，在哪里见过你？你的笑容这样熟悉。我一时想不起。在梦里，梦里梦里见过你……”这首《甜蜜蜜》我最喜欢，因为我有暗恋的意中人了。

我的化学成绩在班上属于中等。我对上课的老师比较挑剔，我喜欢的老师我就学得认真，课后看笔记、做作业，成绩就好些，我不喜欢的老师，课后不看笔记，而是自己看书，常不做作业，因此成绩中等。但这培养了我自学的能力，这对我后来自学中文有很大的帮助。

也许是我在中学时有点文名，到了师专后我成了校刊《火炬》的编委之一。这是一张油印的报纸，16开，不定期出。编委会成员开会，我认识了他。他是英语班的，来自同安，白皙儒雅，卓尔不群，总是得一等奖学金。我很认真地读了他翻译的一首济慈的诗，并且喜欢上了这位把名字写在水上的短命的诗人。他总是穿件天蓝色的短袖衬衫，每次遇见他，我都觉得好像蔚蓝的天空掉了一块在面前，于是，整天的心情也是一片晴朗，仿佛像那首歌里唱的解放区的天。解放区的人民好喜欢！啊，好喜欢。当时正流行“朦胧诗”，厦门出了位著名女诗人舒婷，我从报刊上刊登的舒婷的照片认出了我在读高一时随同几个永安知青去过这位诗人家里吃饭，他们和我说起过她的诗写得很好，省作协的蔡其矫先生很赏识她，而我饭后他们在聊天时踅进旁边的一个房间，在一张小书桌上拿起一个手抄本《归来》津津有味地看着，以至于大家要回家了我还有点恋恋不舍。也许是这个原因使我立志当诗人，课堂上我私下常和女同学梁安珏、陈思华比赛着默写唐诗、宋词，看看谁记得多，我总是取胜，因此她们认为我记性了得。

我是个见贤思齐的人，自尊心强，爱看书。课余去图书馆借了一本《冼星海传》，一本惠特曼的《草叶集》。我第一次知道给《黄河大合唱》作曲的延安大音乐家冼星海来自新加坡，而且在巴黎留过学。而惠特曼的那首名诗《我歌唱带电的肉体》我把它抄了下来，虽然我没有谈过恋爱，不懂得人类肉体的激情风暴，但我懵懵懂懂地领悟到诗里描写的东西。

同宿舍的女生常会在一起议论学校里仅有的两三对恋人。那时大学严禁恋爱，因此这些人有点离经叛道、引人注目。她们说读爱情小说时常想上厕所，我也有同感，可我不懂得这是文字描写刺激神经带来的性冲动和性快感。我只想要我的意中人，或者应该说希望他爱上我，可是我在他面前总是自惭形秽，觉得自己配不上他。因此每次见到他都是视而不见。我觉得这就是世界上最遥远的距离！

我发现梁安珏也在暗恋着我的意中人！这是她有一次把她刚写的一首新诗给我看，要我推荐到校刊上发表时发现的。因为她诗里描写的男主角的特征正是我的意中人的特征。他们俩挺般配的，不论是年龄、才华还是长相。如果把我的意中人比作竹的话，梁安珏像株兰花，会是盆栽的兰花，应该是闽南人才懂得的“画虎兰”，而不是空谷里的幽兰。我想自己应该祝福他们。我还不到十八岁，以后的路还长着呢。

体育课要考跳高，班上的女同学除了我和陈思华之外都通过了。因此，跳高场除了老师外只有我们两个。我每一次都是跑到跳杆前面就返回了，我跳不起来，我不敢起跳。终于，老师不耐烦了，说："你要跳啊！这么一点高度小学生都能跳过。"于是我憋着劲，跳过去了。我总算明白不是标杆太高，而是我的心理素质不行。我的母亲刻薄严厉，使我从小就对自己缺乏自信，特别是她总爱把我的长相和别的女孩比较，对我百般挑剔，使我觉得自己永远都是丑小鸭，永远都没有希望得到异性的真爱。因此，我希望能够用才学来弥补，于是成了书呆子，总是被人认为傻乎乎的。

那时徐迟的报告文学《哥德巴赫猜想》在全国引起了轰动。班主任要我写一篇关于女同学郑易的报告文学，要推荐到厦门的报纸上发表，因为郑易是班上唯一一个享受助学金而且成绩优秀的女生，学校想把她树立为寒门出状元的典型。我知道郑易平时总是抓紧时间学习，就连走路、洗衣服好像也在思考问题，不像我们几个厦门市区的女生一有空就打八十分，每天打到晚上熄灯还恋恋不舍。我写好文章后交给老师，老师推荐到报纸去了，但没有发表。

同宿舍的几个女生总担心分配上的事，担心自己会分到乡下去。我们除了郑易外都是市区来的，因此就比谁最具备照顾条件。本来我的照顾条件过硬，父母都年过半百了，且都有病，母亲有次心绞痛在家里晕倒了，邻居洪医生给她片硝酸甘油，才缓解过来。抬到医院一查是糖尿病引起的并发症，为此我请假过几天。但是，我有个弟弟，因此，梁安珏说："谁叫她妈自己好好的女儿不要，去领养个别人的孩子。"张品清却说："她是应该照顾，父母那么大年纪。"我的心里一热，心想世上还是好人多啊。

很快就到了毕业实习的阶段。实习前要先试讲，我自告奋勇地第一个报名。可是一登上讲台，面对自己熟悉的同学，心里阵阵紧张，连眼睛也不敢看他们。我紧张地连珠炮似的说着课本上的内容，讲了不到十五分钟就无话可说了。于是老师说我不行，要多锻炼。

我们厦大子女就近在华侨中学实习。这是我中学的母校，我就是因为崇拜中学的一位化学女教师才去读师专的化学科。我上第一堂课的时候终于不那么紧张了，眼睛敢看学生了，我尽力做出老师的样子，然而，我觉得自己缺乏当老师的天分，我想自己永远不可能教得像我崇拜的那位老师那么好。永远!

那时正赶上厦大六十周年校庆，女作家丁玲复出之后第一次来厦大的建南大礼堂演讲。她演讲的题目是《文学创作的准备》。我坐在比较靠前的位子上，聆听着一个在北大荒喂了20年鸡的70来岁的女作家的演讲，我惊讶苦难并没有压倒她、压垮她，她就像北方的白杨树那样，永远力争上游。我想这才像个女作家、一个女战士。因此，她演讲结束后我热烈地鼓掌，由衷地希望她能够听到我的掌声。

毕业前夕，同学们都买了本笔记本，请大家在上面留言。我胡乱地给人妄下评语，特别是对我根本不熟悉，没有任何交往的男同学，我的评语使人莫名其妙。我的好友张品清很认真地对我说："你很聪明，又很敏感。你的命可能会是班上同学中最不好的!"

我的命可能会是最不好的。这好像是个诅咒。为了摆脱这个咒语，我用了一辈子的时间。

二

1981年的夏天好像格外炎热和漫长。蝉在一个劲地扯着嗓子唱着。我在家里等着分配，向邻居借一些文学书籍来看。

我对自己读大专深感自卑，觉得在人前抬不起头。周围的邻居都是大学老师，而且都是名牌大学毕业的。我就用文学来自我安慰。我看到一个作家谈文学的价值，他说：人有两种生活经验，一种是直接的生活经验，一种是间接的生活经验。直接的经验很有限，而间接的生活经验就是通过阅读文学作品来获得的。我才18岁，一张白纸，好写最新最美的文字，好画最新最美的图画。

到了八月底，一天下午，学校来了两个人，我和母亲在家。来人问我愿意去中学里做教务员吗？我说愿意。因为我读高中时有过到教务处帮忙的经历，无非就是登记分数、刻钢板等小事，而我的字写得好，在学校的书法竞赛中得过奖。于是，来人叫我写一份“保证书”，愿意并且安心从事教务员工作。我写了，并且签了名。母亲不同意，我说我要去，来人拿了我的保证书，走了。

通知来了，我分配在市区的某中教务处。我了解到，因为市区的化学教员过剩，留在市内的同学，都写了保证书，她们多是保证当化学实验员、少先队辅导员等角色。有位男同学被分配去龙岩，去郊区的也不少，我能留在市区算有照顾了。

不管干什么，不管去哪里，我都要当作家！我在心里暗暗发了誓。

母亲的一个大学同学住在附近，她在某中工作，是骨干教师，母亲去她家请她带我去某中报到。

我从小在厦大长大，除了偶尔和母亲到市中心的中山路买过东西，对整个厦门完全没有概念。厦大那时候可以算郊区，周围都是农田，我们去中山路就叫去厦门。我虽然小学五年级就会骑自行车，但从来没有骑到市区去过。因此，当陈老师问我会骑车吗？能不能和她一起骑去某中时我说我还是乘车吧。

可是厦大到某中没有直达车，要在中山路的新南轩酒店门口转3路车到厦禾路。某中在厦禾路中间，离我家骑车大约半小时。

我在厦大校门口和陈老师一起上了公交车。陈老师40几岁，教高中的数学，福州人，丈夫是厦大的教授，几个儿子都大学毕业而且事业有成。她比我母亲精干多了，不但和蔼可亲而且善解人意。她和我母亲都是五十年代厦大毕业的，她上学时学了两个专业，第一专业是教育学，第二专业是数学，一直在中学里教数学，在市教育界有点名气。

陈老师带我进了某中校门，刚走几步就遇见了校长张自山，陈老师和校长说我是教务处新来的赵焱，校长热情地说：欢迎欢迎。看起来不错。

我觉得校长挺直爽，讲话福州口音，声音很洪亮，矮胖，圆脸，五官长得很舒朗，有点官相，走出去让人一看就是大陆的基层干部。

我每天早上从浮屿车站下车后从边门走进某中。一进门是栋火柴盒式的三层楼，一楼是锅炉房，二楼是教工宿舍，三楼给单身的教师或者中午在学校食堂吃饭的女教师午休，我也申请到锅炉房楼上三楼最热的一间房，和一个住在鼓浪屿的女语文教员一起住。这栋楼的对面是图书馆和年轻已婚教员宿舍，是些平房。图书馆很黑，很小，白天要开着灯，一下大雨里面还会下小雨。

教务处和宿舍楼并排，是栋四层楼。第一层是教务处，隔壁是政教处，第二层是办公室，第三层是校长室，隔壁是副校长室，第四层是书记室。这是学校的行政中心，叫团结楼。

对面其他房子都是教室，中间有个大操场。团结楼旁前有棵硕大的榕树，仿佛是位历尽沧桑的老人，在拈着胡子，聆听孩子们的嬉笑声。

教务处的工作在开学初、期中考、期末时较忙，每天要坐班，工作时间六小时。那时全国周六都要上班，一般该日下午政治学习。

我每天早上七点从家里出发，等车和乘车的时候背诵泰戈尔的诗。“我的幻想是萤火——点点流光，在黑暗中闪闪烁烁。”“道旁的三色堇/并不吸引漫不经心的眼睛，它以这些散句断章柔声底吟。”“在心灵的困倦而幽暗的洞穴里，梦在作巢，用商队白天掉下的断片碎块。”泰戈尔的诗句是那么美丽和忧伤，象征着印度的灵魂和苦难，我晚生了大半个世纪，只能从书里阅读她们，可她们是那么有穿透力，时时击打着我的心扉，使我觉得他就是我的代言人，是我精神上的父亲。

那时全国的出版社出版了许多外国文学名著，某中的图书馆里基本上都有，于是，我成了图书馆的常客，一有空就去借书。

图书馆里一个男的老年管理员叫刘涛，听说有历史问题，他的妻子是食堂的，没有孩子。刘涛相貌清秀，有点驼背，是厦门当地人，懂日语，精通厦门的名吃和风俗，有时在《厦门日报》上发表一些豆腐块文章。那时某中高中有个日语班，日语老师请假时他就去代日语课。另一位管理员是我的同学王君梅，她是学中文的，我把自己刚写的一首诗给她看。

我是一株小草
刚从温暖的地下钻出
靠自己凝聚露珠
梦想长成挺拔的大树
没有人浇水施肥
但有足下的大地依靠
阳光和雨露是我的乳母
狂风和雷电把我的性格塑造
………

"你会有美好的未来的！继续努力！"君梅鼓励我。

教务处我的几个同事爱聊些家长里短，因为要排课程表，要懂得尽量照顾一些老教师、家里有困难的住得远的人。若是住鼓浪屿的就尽量不排在第一节，要是赶上大雾轮船不开就要帮忙调课等等。我的同事林知豪大我一岁，高中毕业，是本校教员的儿子，没考上大学就来就业了，负责高三年段的讲义和考卷的刻写，因为他的字写得最好，圆润大方，每个字很均匀，印出来很好看。另一个女的洪小灵负责初三，她岁数比我大五岁，连着考过4年大学都没考上，还想考。我负责高一，一个硕士夫人章珠负责初二，初一年的教务员陈家菁是位中学教员的太太，原先当过小学教员，快退休了，负责高二的是个因为偷听"敌台"坐过牢的中年男人李贵先，他毕业于福建中医学院，每天来上班都是笔挺的西装，一副贵族派头。

教务处的讲义练习挺多的，但只有一台油印机，手摇的，一个大我4岁的回城知青在负责，她叫杨桦，读过高中，爱好文学，长得大手大脚，看上去像北方人。油印室和我们用排书橱隔开，她那里又隔成两半，外面一间油印，里面一间是她的闺房。杨桦抱怨讲义太多，她印不过来，常常下班后手酸得举不起来，梳头都困难。有时她干脆嚎啕大哭，但哭过之后还得干。洪小灵说她有癔病，所以会这样。洪小灵的父母是市委机关干部，有个哥哥计算机系硕士毕业派驻香港，娶了个市领导的女儿，她常说她嫂子说她是“快乐的小市民”，可我觉得为了跳出某中，她也并不快乐。

我每天中午在学校吃食堂，二两干饭，1.2元左右的菜，总是瘦肉和青菜，有时加条巴浪鱼，我月薪42元，还没有转正，但洪小灵说我的工资可以养家了。

我每天午休前看一小时小说，都是文学名著。和我同屋的是语文老师，班主任，每天中午要留上课捣乱的学生训话，因此来得晚。我有时到邻居和几个中年女教师那里聊天。她们一个中年未婚，教数学，长得很有魅力；一个毕业于厦大英语系，丈夫和她是同学，生有一女养到小学三年级时被汽车压死了，她就和丈夫离婚了；还有一个教地理，说话声音有点哑，却常自以为是真理的化身。她们爱八卦些年轻教师的事，对当时的社会也总是批评指责，怀才不遇愤世嫉俗。我总是静静地在一旁听着，因此她们认为我是不错的听众，但没有主见。

我有天下班后步行去中山路，途中意外地邂逅到我的意中人，我觉得他看到我时愣了一下，我的脸一红，就走过去了，仍然没有打招呼。他毕业后留校，和梁安珏成了一对恋人，这是我后来才知道的。

不久就流行起走私来的可折叠的太阳伞，母亲给我买了一把黄底红花的，18元，母亲还给我买了刚流行的也是走私来的电子表，绿色塑料柄，带在手上像玉镯。

我的衣服仍旧是母亲买布来做的。母亲不会量体裁衣，只会按照纸样来裁剪，结果做的衣服裤子都很肥大，不但没有腰身，屁股也都遮着，远看像中年妇女。邻居的陈阿婆对我妈说："你女儿真老实。我孙女才不肯穿我做的衣服呢，像这么宽大的衣服，穿出去会倒霉的。"

母亲的一个大学女同学邓阿姨来厦大开会，到我家来做客。她在上海的一所大学当老师，快升副教授了。母亲和她说起我在中学教务处刻蜡纸，用的是一种很不屑的口气。邓阿姨说她儿子考上了大学，正在读本科，女儿没有考上，去就业了，在当出纳。邓阿姨穿了件白衬衫，和当时绝大多数中年妇女的衬衫没啥两样，但她有种与众不同的气质和风度，让人觉得可亲可敬。我想这就是中国知识女性的风采，因此，我立刻喜欢上了她。我想上海一定是个好地方。小时候我听父亲说上海人家里用抽水马桶，高楼有电梯，因此，我心里萌生了将来要去上海的念头。我想上海的女人一定和厦门的不同，就像邓阿姨，首先就有一种"范儿"，是见过大世面的人，而不是像我妈这样整天为了我的职业、我的长相、我的不听话唠叨个没完的一点涵养都没有的女人。

"对于你，没有希望，没有恐惧。

没有言辞，没有低语，没有呼唤。

没有家，没有休息的床。

只有你自己的一对翅膀和没有道路的天空。

……”

我在心里默诵着泰戈尔，发誓要用知识给自己安上一双翅膀，为将来的飞翔作准备。

团结楼的后面是公厕，厕所边盖了间平顶的没有窗的房子，大约不到十平方，黑洞洞的。一个长的很英俊的以工带干的团干部申请要这间房子做结婚的新房，学校批给他了，他和新娘就在里面成家过日子。这房子旁边就是个大垃圾堆，我每次去上厕所经过，心里都很不好受。我想我一定要离开这里，绝对不能谈恋爱，更不能结婚，要是在这样的地方结婚，我可就完了。

章珠有张不饶人的嘴和爱妒忌的心。她见我一有空就看书，就叫我帮她刻蜡纸，我嘴上说不，可每次还是帮她刻了。她说：“你是大学生，能者多劳，老看书干嘛，女孩子读那么多书，读到做外婆去？”“以后我帮你找个婆家。”我不理她，她就说：“你有啥好高贵的，还不和我一样刻蜡纸？”是的，我没啥好高贵的，更不像你嫁了个研究生。但我将来一定比你强，我要活到你这岁数，一定不会在刻蜡纸。“鹰有时飞得比鸡还低，但鸡永远也飞不了鹰那么高！”这是列宁的话。我就这么安慰着自己。

不久，厦门要搞经济特区。母亲听说舅舅以前一个地下党的同事被调来厦门当负责人，就要带我去找他，请他帮忙给我调个工作。

尽管我一万个不愿意，但我还是随母亲去了。领导有五十来岁，矮胖，是个很干练的人。我见了他，不知该怎么称呼，就说了声："你好！"然后脸一热，很羞涩地笑着。领导要我写什么学校、哪个专业毕业的，拿给我铅笔和纸，我写好后递给他，他看后说："字写得不错。"我说："就是因为字不错所以刻蜡纸。"他问我想干什么？我说想当老师，在教育界干。他说那没问题，以后再说，你还小。

于是，我和母亲就回家了。我对此并没有抱多大的希望。我当时唯一的希望是能够读书。

我的一个同事江力群得了癌症，她在阅览室工作，大约五十岁，从犹存的风韵中可见年轻时是个靓女。我们教务处几个同事和女教务主任一起去医院看她，回来的路上主任和我说："她的丈夫是三中的，叫金民，是语文老师，业务不错，会写文章，是她以前读师范时的老师，可是两夫妻关系很不好。金民生活作风不好，乱搞男女关系，被劳动教养过，可是出来后还是乱七八糟，经常和学校附近的女工在宿舍睡觉，被保卫科抓过。江力群一辈子命苦，嫁了这么个丈夫，还生了四个孩子。"

"天哪。这金民是我的语文老师。还好只是毕业班时教一年。"我心里突发感慨。想起自己高中时作文总是范文，原来要不是毕业得快，我这只树上的小鸟，或许已被人瞄上了，成了别人枪口的目标。

一天上午刚去上班，洪小灵就对我说，图书馆刘涛的妻子去三坪烧香路上出车祸，死了。我心想真迷信，烧香到南普陀不行吗，还得到三坪？洪小灵说他妻子解放前是厦门的大家闺秀，他们的结婚照还登过《厦门日报》的。夫妻感情很好，刘涛哭得很伤心。我脑海里顿时涌现出刘涛弯腰驼背的样子，心里第一次感到人生无常。

不久，我父亲有时会失去知觉，吃饭汤匙掉了也不知道。厦大医院初诊为脑瘤，要去上海复诊，可能要开刀。

我上午上班还没进办公室，就听到洪小灵和女教务主任在讲我家的事。“她好好一个家，眼看就要没了。这么年轻。欸。”女主任叹息道。“问题不大,她找个婆家就行,长得不错。”洪小灵道。我听了心里很不是滋味。家,父亲,我心里好像打翻了五味瓶。还好我有工作了,要不就只剩嫁人一条路了。

“我曾珍惜幻想
但现在我把它们抛弃了。
遵循那错望的道途
我踩到荆棘
才晓得它们不是花朵。”

在转正的自我鉴定上，我引用了泰戈尔的这句诗。鉴定和其他一起来的人一道经过领导审批，被送到了市教育局，我心里七上八下的，有种不祥的预感。

洪小灵总算考上了一个外贸大专班，升学走了。走前我送她一句话：“好风凭借力，送我上青云。”老教务员陈家菁也退休了，她的女儿来接班，叫洪晓玲，比我大三岁，原先是工厂的工人。

母亲陪着父亲去上海看病，小弟寄养到堂哥家里。我每天回家自己做饭，晚上仍旧埋首于书本之中。读书“饥读之以当肉，寒读之以当裘，孤寂读之以当友朋，幽忧而读之以当金石琴瑟也。”我想是书籍给我打开了另外一个世界，安慰了我孤独寂寞的心。“半亩方塘一鉴开，天光云影共徘徊。问渠那得清如许？为有源头活水来。”朱熹的这首《观书有感》深得我心，当我默诵着“空山新雨后，天气晚来秋，明月松间照，清泉石上流。竹喧归浣女，莲动下渔舟……”的时候，被中文的美，被诗中的意境深深地陶醉了。从此，我认定“明月松间照，清泉石上流。”是最美的唐诗。我想象着一轮明月照在松林间，月照松林皆似霰，清泉在石板上静静地流淌着，多么幽静多么悠远，一千多年前的王维时常在我的梦里活着。

那时，还没有电视机。邻居家也没有。

大约过了两个月。母亲来信说父亲去上海的华山医院做了ＣＴ检查，断定为脑萎缩，不是脑瘤，不必开刀，不久就要回家了。真是感谢上帝。我顿时觉得天格外蓝，地格外宽，我的脚下不再有荆棘。

母亲和父亲终于回来了。母亲带回了上海可以买到的一些日用品，比如一个搪瓷的高脚痰盂，两个带凹凸花纹的脸盆，还给我买了件粉红色的尼大衣。上海给我的梦想增添了色彩，让我感受到她的温暖和浪漫。

我家的生活又回到了常态。母亲买来一台18寸的黑白电视机，这是我们这层楼道里的第一台电视，于是，每天晚上，邻居会带着孩子们来我家看日本电视连续剧《姿三四郎》，我第一次从剧中知道了日本的明治维新和首相伊藤博文的名字。

但我仍旧迷恋文字，而不是电视。我仍然做着文学梦。大家在中间一间房间看电视，我独自关着门在最里间看书。

不久，和我一起到某中工作的人都转正了，可是名单上没有我。果然是自我鉴定出了问题。我的预感被证实了。

母亲得知后急得像热锅上的蚂蚁。她去找大学同学陈老师，请她帮忙说情，陈老师一口答应。

转眼间就到了中秋节。教务处的领导和我们教务员一起"搏状元"。这是我第一次知道厦门的这个风俗，也是第一次搏饼。我得的都是一秀二举的小饼，加上没有转正，因此心里老大不快，嘴噘得都能挂油瓶了。教务处副处长见状拿了块他得的对堂给我，我谢绝了。

搏完状元我们去位于中山路心脏地段的新南轩大酒店吃水饺。我觉得大家吃得很高兴，因此心里也就快乐起来。

半年后，办公室的贾老师拿来一份新的鉴定表，同时给我看了不能用的那份，并且当着我的面撕掉，要我重写。"我一定要清清白白刻蜡纸，踏踏实实做人。"我的新的自我鉴定没有牢骚，也没有文采，但字比旧的那份进步了许多。这就是刻蜡纸的收获。

没落贵族李贵先有次拿了本清末和民国的一些名人书法集锦到办公室来给我们看。我第一次看到了严复、汪精卫的字。那时开始流行交谊舞了，他邀请林知豪和他一起去跳，还问我去不去，我说不去。

李贵先上班比较空闲，总是看报纸。那时的《文汇报》连载着女画家张玉良的传奇故事，我们几个年轻人就和他抢着看。我第一次从报上知道了张玉良在巴黎成为世界著名的画家，并且在那里孤独地活了一大把年纪。

不久就是八三年的"严打"了。李贵先说厦门有个会写小说的女人因为"流氓罪"被捕并且判了刑。"她36岁了，有个女儿，丈夫搞外贸的，她却常和有地位有身份的男人睡觉。有的年轻人和她睡过之后发誓非她不娶呢。"李贵先说得神神秘秘。我想要是在过去，他可以算个教唆犯。

校保卫干事到教务处来找主任，叫他解雇李贵先，说他以前在公安局挂过的，有名得很呢。我们没有必要找这么个刺头。于是，李贵先走了。给我们辞行的时候他的老婆也来教务处，和风度翩翩的老李相比，他的老婆显得很苍老，看上去像他的大嫂，却扎了两个辫子，辫梢还反吊起来，显得不伦不类。

“他老婆有海外关系，香港回来的。”林知豪说。他们也没有孩子。我觉得整个世界都好像乱了套，我透过老李这扇窗，看到了外面的一些世界。

远在北京的张馨来信了。她大学毕业分配到一家大学的学报编辑部当上了编辑。那时，编辑是个很崇高而体面的职业，因此，我不断地给她写信，在做着文学梦的同时做着编辑梦。

每天下午一下班，我就到中山路的新华书店看书、买书。我几乎每次都有收获。那时整个中国都是文化热，工厂的女工有的都买萨特和李泽厚来看。北京先出了个演讲家曲啸，后来又有个李燕杰，加上女排三连冠六连冠，整个国家都有股精神气，改革的大潮汹涌澎湃，我的老父亲虽然老了而且病了，但还是晋了级分到了新房。

这年夏天，我家搬到了新西村。

三

搬家的时候，母亲的一个远亲的儿子来帮忙。他的父母希望我嫁给他，给他们做媳妇。然而，我对他没有感觉，我害怕结婚。我想结婚之后我就不能够随心所欲地看书了。女人一旦成家有了孩子，就是孩奴。我这时的偶像变成了萨特和波伏娃，我羡慕他们的自由，不要孩子，不要婚书而能够白头偕老，并且同声相应，同气相求，像一对比翼双飞的大鹏。

搬家后不久的一天早晨，我起床后上厕所时一阵眩晕，昏倒在厕所里。过了十几分钟后才好。我起来后叫母亲去找陈老师，她这时搬到我的楼上，请她代我去学校请两天假。

第二天上午，张自山校长登门来看我。他语重心长地对我说："你不要老看书，不要这山望着那山高。要安心工作。革命工作分工不同，都是人民的勤务员。要向雷锋那样干一行爱一行，做齿轮和螺丝钉"。校长的声音很洪亮，可是还是七十年代的语言。我心里并不服气，嘴上却没说什么。"不要想成名成家。那是不可能的。你中学应当学好，考上好大学，去科研部门工作。现在这样就不要再看书了，读成书呆子对你没有好处。"

可惜我把他的话全当成耳旁风。

李贵先走了之后，教务处又来了个厦大1962届毕业的学数学的本科生。他是从龙岩调回来的，不愿意教书，就成了我的同事。此外还雇了个文革前杭州大学化学系毕业不服从分配的程某做临时工。嘴尖舌利的章珠也走了。我被安排负责排全校的课程表。

那时排课表都是手工操作。在事先印好的方格纸上用铅笔打草稿。总是政治、语文、数学、英语、物理、化学、生物、体育几门课，变着花样尽量使每个任课老师在拿到课表时能够满意。中学教员一般不用坐班，但是班主任每天要来带早读。

每周一一次全校升旗集会，聆听校长书记训话。

一天早上，上课铃响过很久了，有个住鼓浪屿的英语老师没有来，半小时后总算站立在团结楼前督查的张校长面前，校长问她怎么迟到了，她说“我是第3节的课啊。”边说边拿出发给她的课表，可她和校长一看这天的表上是第一节的，她无奈地说：“老换课表，我都搞乱了！”

那时中学为了提高升学率，不但常要加课，也常换课表。有时开学初刚用的课表，两个月后就要换新的。每次换课表的前两天晚上我都要在家里排到深夜两三点。不过，我平时不用刻蜡纸了，只是星期天常要到学校传达室值班看门，就这样，我认识了看大门的曾大伯。

搬家之后我有了自己的一间书房兼卧室。我有了自己的两个书橱和书桌，再也不用和父亲抢书桌了。我在自己卧室的墙上贴了张《画家和她的女儿》的古典油画复制品。可母亲和父亲说我思想变坏了，那画里的女人衣服胸口开太低，是黄色下流的画。但父亲沉默着，没有说什么。

为了让自己能够集中精力学习，我和母亲说要去申请停薪留职，母亲同意了。因此，我向学校递交了报告，申请停薪留职四年。教育局批准了我的申请，并为此发了份红头文件给我。

就这样，我又回到家中。

弟弟上小学四年级了。是个淘气包。常因不做作业，上课说话被老师赶回家。我们教育他要爱读书，学张海迪，他说：“张海迪是因为瘫痪才出名的。”有几次他被老师赶回来，我们出门把他反锁家里，他竟敢从二楼跳下去，再从一楼爬上来。我猜想他可能下意识地希望自己成为瘫子，像一楼天生瘫痪的小孩那样享受父母的照顾又成为父母的负担。

为了读书时能够精力充沛，我开始喝起了浓茶。我买的茶叶都是大路货，铁观音或者一枝春，都是最普通的那种。每天深夜，我都面窗而坐，边看书边喝茶。对面楼上总有一两盏灯光和我遥遥相对，我每次抬头看到它们都感到有一种温暖。我觉得自己像夜里的萤火虫，用尾闪和同类打着招呼并且相互致意。

我的同学陈思华家搬到我对面楼。她考上了她父亲的研究生，此时也正在读书。

家里的电视机换成了彩电。弟弟迷上了日本电视剧《血疑》。一时间山口百惠和三蒲友和成为中国家喻户晓的人物。弟弟说我长得像山口百惠，每当她在屏幕上出现而我也在座的时候，弟弟常会说："姐姐来了。"

同时一起流行的小说是琼瑶和金庸。但我并不迷恋他们。我看过的许多外国文学名著已经把我的口味提得很高，我只欣赏纯文学，不迷恋通俗文学。我想琼瑶之所以能够风靡大陆，是因为她作品里总有着中国传统文化才有的温情，而大陆经历过文革和经济大潮，这种温情只成为记忆，成为一种集体无意识，人们在读琼瑶的时候被她唤醒了，于是，她赚足了中国人的稿费和眼泪。对于大陆被体制束缚得麻木的国人而言，金庸的武侠给他们打开了另外一个江湖世界，多少爱恨情仇在侠者的武功里展开，这充分地满足了中国人集体无意识的自大狂人格，因而一再被盗版，中饱了不法书商的私囊。

母亲叫我报考中文系的研究生。她去中文系认了个长乐老乡吴其福，叫他把听课笔记借给我。

吴其福和一个男同学一道来我家。他问了我一些学习情况，听了哪些老师的课？准备考谁的？我这时刚回家半年多，听了点古代文学史、现代文学史、外国文学史等课，是断断续续听的。因为是旁听，我总是做贼似的混在学生中间，生怕被老师发现。由于这种感觉很不好，因此，我有两个月对自己的停薪留职后悔了，想回某中大，但某中说若要回去要保证不再升学，要写下“保证书”，我不愿意，就继续旁听。

吴其福说考研究生主要看英语。而我的英语只在师专读了一年，第二年学校本来要开课，几个男同学去学校反映说师专是培养中学教员的，不需要学英语，因此，学校就把课停了。为此，我很恼火，但也没有办法。

我知道英语是我的弱项，就买了些当时流行的英语书来自学。我想第一年先去考看看，探一下这趟水有多深。

转眼就到报考的时间，我报的是《中外比较文学》专业，导师是郑朝宗、应锦襄。尽管郑朝宗就住在我家楼上，是我的“顶头上司”，但我从未和他有来往。在我这个20岁女孩的心目中，他是留过洋的名教授，因此高不可攀。应锦襄教授是个女的，上海人，很受学生欢迎，我听过她的课，但听说中文系教师内部不团结，分成了两派，连两派的学生互相都不大来往，因此，也没有和她结交，一下课就走。

考试地点在华侨中学。英语多是选择题，我就瞎蒙，政治也很难，我想准是不及格。第一天的专业课考《文艺理论》，第一道题是：黑格尔说“知性不能感觉美”，谈谈你的理解。我竭尽全力地写下了自己平时的一些读书心得，但感到很没把握。我看的多是文学作品，理论书看得很少，显然不适合这种考试。

不久，分数出来了。我中文系的各门课考分都在及格线上下，但英语只考20分，要考40分以上才行。

为了学英语，我报名参加了厦大夜大学的英语班。英语班在囊萤楼上课，离我家很近。教师是个在图书馆工作的中年男人，我觉得他发音很难听，加上用的教材很旧，都是些什么红军长征类的内容，就不想再去。父亲见状特地看了我的听课笔记，说教得不错啊，你要听到底，于是，只好硬着头皮去。

自学的好处在于可以随心所欲地看书，坏处是学的知识没有形成系统，显得很杂。我当时想当诗人，就读了许多诗集，并且迷上了朱光潜的《诗论》，流行尼采、叔本华了，就买一大堆他们的书。

转眼吴其福就要毕业走了。我还给他的听课笔记。他曾带几个学生老乡来我家玩过三四次，学问不错，心地善良，因此，我在他的毕业留言簿上写了首诗。

也许雷声在天空翻滚
也许风暴在海面酝酿
只要你是鸟儿
就不必把梦想
挂在悬崖上
也许雨珠在叶片闪烁
也许阳光在头顶徜徉
只要她是龙眼
就会把希望
结在枝头上

当作家的对异性间的情愫一般比常人敏感。对人心也要比常人有更好的洞察和理解。我看出他很喜欢我。在一大堆高学历的人面前，我这个大专生给人的印象是聪明面孔笨肚肠。我在文字上的敏感和表达上的优势自从学校毕业之后就没有在任何地方展示过，因此，给他的留言簿是我展示的机会。他有残疾，母亲非常担心我会感情用事地爱上他，总是有意无意地提到他的缺陷。母亲认为，去爱一个只会使你痛苦的人不会比去爱一个会使你快乐的人更道德。

果然，他看了之后大为赞叹，说我很有诗才，这说得我心花怒放，我没考上研究生的沮丧和懊恼因此烟消云散。我有了继续努力的动力。我渴望成功，渴望被社会承认，尽管在那时看来这希望非常渺茫，但我还是执迷不悟，我想，让冰心19岁就成名的诗作不见得比我的好，这是我继续写诗的理由。自负本来就是才华的贴身侍女，没有她，就没有去实现自己梦想的勇气和毅力。

但是，小弟弟因为不服管教，母亲把他送还给了他的亲生父母，也就是我的小堂哥，他在浙江宁海，为此，母亲又去她工作的历史系查学生资料，认识了一位女硕士王晶。

王晶是位勤奋好学的女孩，小我两岁，自幼失怙，英语很好，因此，我和她成了好友，有时向她请教英语。

和母亲来往的一个三十九岁的男人叫张思全，是某中毕业的初中生，下过乡，回厦后在做生意，先是开“皮包公司”，倒买倒卖一些商品。他和陈宏以及母亲的同事郑咏都是文革其间厦大“斗批改”联络站的成员。思全长得人高马大的，加上能说会道，很善于捕捉商机，一开始干就发了点小财，要母亲帮他管着，于是，母亲成了他的管账。据他说他的生父解放前是厦门的大资本家，有个同母异父的妹妹张纪梅，不久前卖掉了自己的咖啡厅，到澳洲自费留学去了。“她只有小学毕业，二十六个字母都认不清楚。你赵焱要是去了，肯定能行。”张思全说。

那时海外关系成了最热门的关系，相亲、找对象有这个关系可是在硬件上比别人高出好几个等级。

可是，某中看门的曾大伯却因为刚和在美国的哥哥联系上被四个年轻人在校门口打死了。据说他那天傍晚刚喝了点酒，四个男青年闯进传达室向他要地址，他不给，就动手了。本来曾大伯就是近六十的驼背老人，加上酒醉了，哪里是他们的对手，于是很快没了声音，等到别人发现，只有曾大伯的尸体了。

一星期后，曾大伯的二儿子卧轨自杀，据邻居说，死前他一直说是自己杀了父亲。

张纪梅去澳洲后在墨尔本一边上语言学校，一边到餐馆端盘子打工，一年后语言学校毕业，嫁给了校长。校长是英国人，当地的参议员，大她11岁，离过一次婚。结婚的时候，请了当地的一些政要，排场挺大，家里有别墅，还有汽艇。于是，张思全来我家时他妹妹就是他的谈资，他总爱拿来显摆，并且叫我母亲把我也送去澳洲，他愿意帮忙联系语言学校，还拿来一些学校的招生简章，说只要两万块钱就能搞定。据我所知，某中的几个年轻英语教师都辞职去了，有个女的还离了婚才走的。

然而父亲不同意我去。他说一个女孩子去外国太冒险了，我英语不行，没啥优势。到时人财两空，连哭都没地方哭。

我认为父亲说得有道理，但心里对出国还是向往的，有点蠢蠢欲动。

王晶认为我学英语没有天赋，以后的考试，可能还是栽在英语上。转眼三年过去了，我仍旧没有考上研究生，而张纪梅在澳洲，生了个儿子，并且都已经一岁了。她带着老外丈夫和儿子回厦门来探亲，母亲和她见了一面。她和母亲说我要是去澳洲可先住她家里，等到过了语言关再去找工作，可我不愿意去寄人篱下，就没有去。

我这时有了心仪的人，也许这是我一辈子唯一一次怦然心动的爱。

父亲的脑病重了，要吃一种药，只有福州才能买到。我写信托吴其福买。他毕业分配在省城当公务员，他帮着买到了，托在厦大读书的老乡许同舟带来，于是，在我家客厅里，我认识了许同舟，还有和他一起来的另一位老乡女硕士林虹。

他是那么儒雅俊秀，一米七三的个头，秀颀挺拔，如窗外的翠竹。在我家白炽灯昏黄的光晕里，他显得那么高贵，我觉得像神。

我们聊了一会儿天，知道他出生农家，有五个兄妹。“农家自古出俊才。”我脑海里立即涌现这句话，但嘴上没说什么。他和林虹都是学数学的，都是系里推荐保送免试的硕士，我在他们面前立即自惭形秽起来。和他相比，我皮肤太黑，脸形太宽，显得不俏丽妩媚，个头般配了，我却显得太胖了点，特别是气质上，我由于常年呆在家里看书，显得拘谨笨拙，而他却像个艺术家，优雅而且敏感。

“妾拟身嫁与，一生休。纵被无情弃，不回头。”我的脑海里浮现出了这么句词。

我决定写信给他。

给他的第一封信里我引用了英国作家萧伯纳的名言：“人生不是一支古老的蜡烛，而应当是高擎的火炬，我们一定要把它燃烧得光辉灿烂，然后交给下一代的人们!”

字够好，文也不错。要是能够嫁给他，我会写出最好的文章。我在心里说。

他终于回信了，可是我却有点失望。他说很钦佩我的文才，愿意和我做笔友。和他的外表相比，他的文辞十分笨拙，字也不好看。

大陆高校经过1952年的院系调整后成了培养专门人才的职业学校，学生的文史知识非常欠缺，特别是理工学生，中文写作能力很成问题。其实文史类的课是引导一个高校学风的课，它培养学生的批判性思维、逻辑推理能力以及写作能力。可是，我们的高校却忽视了学生这些最基本能力的培养，理科学生有小聪明，却没有大智慧，这是我国高校没有大师的症结之一。

我想我的价值在于能够弥补他的不足，如果他愿意。可是，我却引用了钱钟书《围城》里一段嘲笑学历文凭的话作为回信，而这段话是那么刻毒，我想试探一下他心理承受能力。

果然，他回信说我辱骂他。可见他没有看过《围城》，可能也不知道钱钟书，我们没有共同语言。

他来信告诉我他在暗恋一个女孩，我说你要把爱说出来人家才知道。我猜想她一定很迷人，可能是同学。

不久，他就被公派到法国留学。他果然吉星高照。我在信里告诉他法国文学很好，出了许多世界级大师，巴黎有万花之花的美誉，是出画家、美女和香水的地方。我想要是我能够和他一起去巴黎，我的审美趣味会提高很多，很多。

林虹这时已是我的好友。她有爱人了，有时却来我家聊天。她告诉我许同舟对我印象不错，说我的思想很有深度，我给他的鼓励和帮助他一辈子都会感激的。她还说，有个女老乡常和他来往，也是学理科的，长得很甜美可爱。“你可不要在一棵树上吊死，他没有对任何一个女人有过承诺。”林虹提醒道。

我仍然给他写信。他不久到上海培训法语去了，行前上我家来辞行，我又一次见到他。母亲问他要吃扁食吗？她去做。他摇了摇头。走时我送他到门口，开了楼道的电灯，他边下楼梯边回头看我，有点依依不舍的样子，我却不敢下去送他，我虽然大他三岁，可是在他面前羞涩得像个初中生。在他之前，我从来没有过这种感觉。

我下意识地觉得，我们是驶向不同海域的两艘船，你有你的，我有我的，方向。

大数学家陈景润要不是老作家徐迟的报告文学《哥德巴赫猜想》一文，不会成为家喻户晓的人物，也不会娶到由昆做妻子。法国除了文学很好之外数学也很领先，也许这是一种相辅相成的传承，以至于前几年法国总统萨科奇到浙江大学演讲的题目就是《法国数学中的人文传统》。

在古代，文学和数学靠的都是笔和纸，成本很低却威力无比。“好像是我新长出的一根手指\所以我觉得\你应该流出红色的血液\而不是这黑色的墨汁。”台湾美学家蒋勋的这首题为《笔》的诗简直就是为我写的，他70年代留学巴黎，仿佛是我的前世旧交。那时中国大陆的文人很少到国外生活几年的，倒是台湾去了不少，女画家和诗人席慕蓉就是其中之一。我深深地迷上了她诗里那种美丽的哀愁，典雅但不忧伤。她的丈夫是学物理的，可见爱情并不需要什么共同语言。爱就是爱，是不论走到哪里，心里都会感到的一份温暖和牵挂。那时的我，头脑就是这么简单。

一年后他去了巴黎，第一封来信的邮票是个女缪斯在弹着竖琴。我总是一股脑儿地给他写信，写诗，写读书心得，他给我回信，寄来一张很英俊的大头彩照，照片上有道彩虹，还帮我在法国买了给父亲治病的药，托一个回国探亲的医生寄来，因此，我想他是爱我的。

可是，巴黎对我来说太遥远了。母亲常嘀咕说人家是洋博士了，你还只是个大专生，你还是死了这条心吧。而且，你大他三岁，女人不经老，还是赶快在身边找一个吧，年纪大了生孩子麻烦，我就是35岁生你，所以一辈子苦命。

母亲看中了我以前的一个同窗，她和他母亲是朋友。同窗在开工厂，大学毕业，可是我不喜欢他的性格，从不和他来往，我心里只有许同舟。

人和人的差别要比人和猪的差别大，母亲不明白这一点，总是自作主张地拆他的来信。她虽然受过正规的高等教育，却从来不懂得尊重和顾及别人的尊严和自尊心，总是要操纵和控制家里的每一个人，包括对我的父亲。

我想女人不读书不识字也没啥不好，至少她不会仗着自己的一点知识对子女的人生选择进行干涉和指责，妄想安排子女一生的幸福和命运，却不愿下厨房去为他们做一桌可口的饭菜。

我停薪留职的期限到了，我又回到了某中教务处，重新刻起了蜡纸。我负责的是初三年的讲义、练习和考卷的刻写工作。

初三是毕业班，面临中考，因此，讲义、练习、考卷很多。我每天机械地刻着蜡纸，回到家手拿汤匙都觉得疼。

自从恢复高考之后，中学教育都围绕着高考这个指挥棒转。这时又有人提出要培养应用型人才了，于是，厦门市一些中学高中部改成职业高中，某中除了普高之外，办起了缝纫班、幼师班。

周一早上的校长训话声音还是那么洪亮。只听他说：日本经济起飞，靠的是大量应用型人才，而不是拿诺贝尔奖的人。我们的办学方向要改革，不要围着高考转。我们学校和韩国的一家生产旅游帐篷的公司签订了协议，我们缝纫班的学生将到那里实习并且给公司输送工人！

四

学校和旅游帐篷公司的签约仪式及其庆典在厦门的五星级酒店——悦华酒店举行。记得女书记特地穿了件淡蓝色时尚的套装。听说老板的女翻译月薪1000多元，而我的月薪不到200元。

仪式过后是吃自助餐。悦华是当时厦门最时尚豪华的大酒店，美国前总统尼克松来厦门时就住在这家酒店的总统套房。

学校进行了工资改革，每个人除了国家给的正式工资之外，还能拿一份校园工资。我因为停薪留职过四年，工改调资有次没调到，现在又刻蜡纸，拿的校园工资就是最低的一级。

不久一个政治教员黄某因为强奸幼女罪被逮捕并且判了刑，被奸女孩10岁，还是小学生。他是初三一个班的班主任，还诱奸了该班一个最漂亮的女生，致使该女孩堕胎三次。可是他前些年都是优秀教师和优秀班主任，而且哪个老师因故不能上课他都能够代课。因此，算是有才无德。

我每天中午仍然在学校午休。午休聊天的人还是那么几个。大家说起辞职、离婚赴澳的女英语教员陈光华，说她去澳洲后嫁了个老外，生了个儿子后又离婚了，不久前又嫁个老外。听说混得不错。“张自山想要在我教研室评特级教师，我不同意。他根本没有上课评什么?”单身的中年女教研组长说。“听说他儿子贪污公款，被单位开除了。”英语教员说。

不久，学校叫我教初一年级的历史课，我教四个班，每班每周两个课时，另外一个右派平反的男人教两个班。

我领来初一年的历史课本和教材看了一下，是中国古代史，从上古直到魏晋南北朝。我学的都是文学，历史知识有限得很。我去旁听了两位高中老教师的课，他们教的是世界史，讲得很好，课堂上秩序井然。

我决定对自己的课堂教学来一番革命。我跟一个班的学生说：你们上课要是不爱听可以讲话、看书，做自己的事。结果这个班和隔壁一个班的学生以为可以为所欲为了，于是上我的课时课堂纪律很差，尽管我每堂课除了讲教材之外都给他们讲一两个东周列国时期的故事，以此来吸引他们的兴趣和注意力，然而，学生比我有心眼，总有几个存心捣乱的害群之马让我乱了阵脚，有个高大英俊的留级生竟拿了好多扑克牌大小的女人裸体图给同学传阅，我没收了几张，才明白这些孩子进入了青春期，情欲正需要转移，而我自己还没有恋爱，没有实战经验，对此只能感到束手无策。因此，上了半个学期之后，学校停了我的课，另外那个老右派的课也停了。

领导找我谈话说我不会维持课堂秩序，组织教学能力差，要我多向年长并且内向的教师请教，向他们学习怎么克服自己的性格缺点。我想我的性格就是不会管别人，也不喜欢被人管，面对这些半大的孩子，我总感到很无奈。我觉得自己当不好老师，心有余力不足，并且通过这次上课，我对人性没有了信心。

我说我不教了，还是回教务处吧。

于是，我又刻起了蜡纸。

重回教务处后我觉得同事都用异样的眼光看我。每次教务处开会，我都被点名批评。我觉得不能在此再待下去了，然而，我又没有调走的门路。

也许是天无绝人之路吧。1988年底的《福建日报》副刊刊登了我的诗歌《月亮那一面》。这是我发表的第一首诗，也是我第一篇变成铅字在正式报刊上发表的作品。当和我一起午休的一个老师的女儿看到了它并且给我拿来这张报纸的时候，就像快要溺死的人抓到了根救命稻草似的，我的心里不禁一阵激动，我看到了希望，看到了自己人生的曙光。

回家后，我把发表诗歌的那张报纸拿给母亲看，母亲非常高兴，说看来我要时来运转了。她还仔细地看了和我发在一起报，我有次路过，停下来看了一下内容和标题，觉得用的都是文革语言，只不过辱骂的对象变了，不但文章的文采很差，就是毛笔字也不如十几年前粉碎“四人帮”时期的。我看到的是当时中国文化的浮躁、投机取巧、没有定力。因此，当学生们上街去的时候，我叫王晶和林虹等不要去。

大学生游行经过某中，有个别班级的学生跑上街去观看，几个初一的学生在讲反腐败反官倒的内容。后来，坦克进京了，大家终于重新安静下来。不久学校就放暑假了。

一天，我意外地收到了一封《榕花》编辑部的信，说福州市文联成立了“榕花文学函授班”，我照信上的要求报名参加，并且写了两个短篇小说《住院》、《阴差阳错》寄去。

没想到不久我就收到了一封回信，说我的水平较高，只要努力，会有所成就。我高兴得跳了起来，我的努力没有白费，我会成功的！

接着就收到了第一期的院刊，16开，印得很差，我的文章发在《小说园地》的第一篇上。编辑来信说《阴差阳错》一文《福建文学》要用，说我的“小说感觉很好，希望你在九十年代有一番作为”。

我又去信要回了《阴差阳错》进行补充。我那时刚看完法国学者和作家罗兰·巴特著的《恋人絮语》，我接受他的零度写作理论，对自己的恋爱情况进行一些文学书写，我尽量写得散些，好体现巴特的絮语形式，可是编辑嫌太散了，于是被删成符合大众要求的故事。我用的是应语这个笔名。“山头日日风复雨，行人归来石应语。”我把自己想象成唐代诗人王建笔下的望夫石。

我的同学都结婚生子了，我依然孤家寡人，母亲为此事总要唠叨，并且忧心忡忡。也许是省作协的人去信我单位了解过我的情况，认为我用非所学，于是，我被调到化学实验室当实验员。

可是，我的化学忘得差不多了。我认定要当作家和编辑，从事文化方面的工作，因此，干了两个月后，我说不干了，我自己联系工作。

就这样，我又回到家中。

我把自己的一些失意写信告诉了远在巴黎的许同舟。自卑又自尊的我退回去他的大头照片，并且说不再打搅他了。他说过几个月将要回国探亲，于是，我盼望着他能来拯救我，带我到巴黎去。

可是，他没有来我家。他在他乡下的家里结婚了，娶了他的大学同学。

从此，我不再相信爱情。

五

我收到了复旦大学中文系作家班的录取通知，带着希望，带着无奈，踏上了开往上海的火车。

我蜷缩在火车硬卧的中铺，脚旁放着一大袋我堂嫂托我带给她亲戚的香烟，周围有些嘈杂，但我还是进入了梦乡。

就这样，孤独的火车带着我，驶往梦想，驶向未来。

乐乎，总算好了些。医生说她的骨龄老化，像是60岁人的骨头。这病可不轻，发展下去可能会半边瘫痪，如果有条件，最好把颈椎换了，换成不锈钢的。

郑荭一听傻眼了。自己没有成家，住院的这些天都是老爸老妈伺候，好在他们都退休了，也没啥事，但要动手术可没那条件，医生说了，少说也得10万元，还不能担保手术成功。

她在一家事业单位做会计，月薪4000元，在厦门属于中低收入，加上前几年买了套二手房，没钱了。父母都是退休工人，两人的退休金加起来还没她的工资高，刚够温饱，哪来的钱动手术。

欸。只好熬着吧。人才42岁，骨头60岁了。真是身比心先老啊。

郑荭矮胖身材，爱穿带格子的衣服，夏天是蓝格子，冬天是绿格子。她的脸算不上漂亮，但很有亲和力，也就是俗话说的朋友相，令人一见就能产生信任感。

她是位业余作家，我是本市一家文学杂志的编辑。一天，我从众多的来稿中看到一篇题为《忘言表达》的短篇，三千来字，它是多么与众不同，写的都是女性细致入微的感觉，每一句来看很精彩，整篇来看我把握不到脉络和要领。

看惯了性、暴力和官场小说的我，犹如听到了夜莺的低唱，然而，夜莺欧洲才有，我想看看这只中国的夜莺，于是，就电话和她约见。

我们是在莲岳路的“我家咖啡”见面的。见面第一眼，就看出她的与众不同的气息。那是夏天，我穿着短袖，可她却穿着秋天的衣服，手袋是翻皮的，拿在手里给人一种毛茸茸的感觉。

一聊起来，才明白她喜欢博尔赫斯、杜拉斯、卡尔维诺，品位不俗，有点相见恨晚的感觉。我那时还是张爱玲的粉丝，对她这么新潮的小说担心总编通不过，也许是老天有眼吧，反正最后她的小说发了，而且得了我市短篇小说奖，总编说我慧眼识珠，给了我个优秀编辑奖。于是，我们高高兴兴地把奖金拿到“好清香”去吃了一顿，餐后去她家拜访了一下。

她家那时住在湖滨南路的一栋公寓里。三间房，没有厅。她自己一间，父母一间，弟弟一间，总面积不到50平方。家里没有什么像样的家具，我看了她的一个五十年代遗留的小书橱，里面都是最新潮最时髦的翻译小说，一张又小又窄的木板床上，被子没有叠，一个那时刚流行的毛绒玩具羊歪倒在一边。

“你属羊的？”我问。“对。你呢？”“我属兔”。我答道。

真想不到这样的生活环境能写出那么时髦的小说，而且还是业余写的。我感到很惊讶。

见过她的父母之后，发现她长得一点都不像他们。她的父母都是一家国企食堂里的师傅，都只有小学文化，弟弟在外地上大学。

我见时间不早了，就起身告辞。她的母亲一再说“有空来玩啊”，硬是陪着我们从六楼下到一楼。

回家的路上我一直猜想她可能是抱养的孩子，可能从小缺少家的温暖，心理上觉得周围很寒冷，所以夏天要穿秋天的衣服。厦门的夏天非常湿热，一般人这样非捂出一身痱子不可。

属羊的今年25岁，小我4岁。我29了，单身，看来她也不好嫁，我们或许能做个姐妹伴，我不禁想到。

一晃20年过去了。我们果然都还单着。单身的大龄女人现在叫剩女。20几年前厦门人称谈恋爱叫“赞八百”，福州人叫“1100”（邀邀圈圈的形像化），香港人叫“拍拖”。郑荭的小说，写的都是“拍拖”或者渴望“拍拖”的洋故事，多数人看不懂，因此没有市场，但作为“百花园”里的一朵奇葩，却是被保护对象，一有新作寄来，都要挤出版面刊登，以此来显出我们刊物不俗的品位和眼光。

今年的冬天特别冷，据说是因为温室效应，北极的冰融化太多的缘故。厦门的冬天是湿冷，因为冬天屋里没有暖气，那种冷可谓冷彻骨髓，有许多北方人都不习惯。

郑荭六年前自己买了套二手房，搬出来自己住。房子三房一厅，终于有了一间单独的书房。为了省电，她没有安空调。反正她夏天不怕热，冬天就用个电暖器对付。电暖器小巧，而且可以移动，她有时就搁在凳子上，对着右胳膊右肩烤。

秋天开始的这病，贴了几帖膏药，喝了些药酒之后，总算好了，但不能受凉。整个秋天她都没有写字了，书也看得很少。单位里请了半个多月的病假，不必每天一早起来像打仗似的紧张，病好了之后，她产生了提前退休的想法。本来和数字打交道就不是她的爱好和擅长，可是，命运总是像个爱捉弄人的顽皮小孩，高考录取的时候，她被调剂到一所大专院校的会计专业，毕业后就到这个单位工作，只是在这个位子上原地踏步了20几年，一直是初级职称，没有晋升。

退休后就能够有大把大把的时间看书、写作了。不像现在，时间被撕裂成无数块，拼起来的图案什么也不是。脑子里有两个长篇的构思，因为没有完整的时间去写出来，因而只是空中楼阁。每天到单位坐班，中午在单位吃午餐，然后在办公室里搭张行军床午休，晚上五点下班，回到父母家用晚饭，再回到自己的家，都8点多了。身体好的时候，周末到书店淘书和影碟，顺便买些对口味的杂志和画报。她是张国荣的粉丝，收集了很多他生前的剧照和资料，在卧室里把他的照片贴了一整面墙。

因为和她成了朋友，我们大约一个月见一面，平时打打电话，发发短信。她有时请我去白鹭洲欢乐园吃晚茶，吃完就到白鹭洲公园欣赏夜景，看一会儿音乐喷泉。只要是自己感兴趣的事情，她会一直坚持做下去。她是个很有耐心的人。我在她的家里看到一大块木板，上面是放射状的色彩，非常斑斓，五颜六色，像玻璃镜子被从中间打碎的形状，我仔细一看，居然是用画报上剪下来的各种颜色的纸拼贴的，真是独具匠心啊。

她对我诉苦道，一方面，她总觉得时间不够用，一天天飞快地流逝，像手里的水，掬起来一点，马上就流走了；另一方面，她又总是为大把大把的时间被各种琐事所占用感到焦虑和无奈。她是个自恋自怜的人，写作对她来说，就像猫要不时地舔着自己的毛一样，是一种本能和需要。看到年纪相仿的同事同学先后成家，有了孩子，孩子一天天长大，很有成就感的样子，而她天天夜里独守空床，心里就感到很落寞很失落。尤其是生病的时候，她多想身边能有个丈夫搀着她，陪着她，给她端茶送饭、嘘寒问暖的啊。

我觉得她从小就缺少爱，因此对爱格外向往，对人却不容易信任，就像一个守财奴，守着自己的一点财富，做着漫不着边际的美梦，却不愿意去行动。

她虽然是父母亲生的孩子，从小却寄养在外婆家，由外婆带大。外婆家里穷，又没有收入，她才三个月大，母亲又没奶，只能吃外婆的面糊。到能下地走路了，外婆担心她出门被人拐了，成天把她关在房间里，几乎晒不到太阳，这对她的骨骼生长非常不利，以至于她不但个子矮小，成人后骨头也老化得厉害。由于从小就与世隔绝，几乎没有同龄的玩伴，她格外敏感、内省，与周围的世界格格不入，爱我行我素，自尊心又特别强。

她在快三十岁的时候谈过一次恋爱，对方是个离异的医生，可是因为不能容忍对方对她的家庭的轻视，最后吹了，前后大约半年。她瞒着自己的父母，但告诉了我。

一切都是命啊。“从来文章憎命达，自古才命两相妨”。我只能求菩萨保佑她，给她平安和幸福。

第二炷香 卫青杏

当了几十年编辑，会收到各种各样的信和稿件。我和卫青杏就是通过信件认识的。

那是11年前的春天。编辑部小楼外面的围墙上炮仗花开得正闹，一嘟噜一嘟噜地垂在墙头，好像正等待着人们去点燃她似的。使我感到生活原来是这么热烈，这么奇妙，这么丰富多彩。

卫青杏先在信中作了自我介绍。她是六十年代最后一年的最后一天生的，北方人，父亲是部队的师级干部，已经去世三年了。她某著名大学法律系硕士毕业，在市工商局当英语翻译。她说她从小爱好文学，想当作家，高中时看过托尔斯泰的《复活》，她说她想让她的父亲死而复活，因为她总觉得父亲没有死，好像处处在保护她。她说她最喜欢的电影是《人鬼情未了》，还说她还想让毛泽东复活……。

来信的字写得很娟秀，语法通顺，可是内容简直就是天方夜谭，可以说是疯话连篇。从另一个角度来看，不乏想像力，但不是文学创作，没有细节描写，通篇都是叙述，忙着讲她生活中的苦恼，觉得人生没有意义，活着和死没有区别，只是所在的地方不同，死去的人在天堂里，她能够看见，因为她有双超常的眼睛。特异功能啊。

我看后把信放到另一边，作废稿处理。

那时候曾经风靡过全国的气功热已经过去了，再早些时候所谓耳朵听字的特异功能、打鸡血能够延年益寿的民间偏方也都已是过眼烟云。中国人可以说毫无科学头脑，可是有限的想像力又都集中在延年益寿、防病治病上头，对死人并不感兴趣。孔子早就说了："未知生，焉知死"嘛，哪有人死了还要他复活的。荒唐。如今的人们忙着挣钱，一切以经济建设为中心嘛，居然还有人觉得活着和死了没有区别，简直就是吃饱撑的。

没想到第二天她打来了电话，而且说出我的名字，直接找我的。我感到十分诧异。她说我一定看过了她的信，一会儿叫我老师，一会儿说我是天使，是上天派来帮助她的。她说她有第六感，我今天一定穿的是件绿衣服，我下意识地看了一下自己，果不其然。

本来有点不耐烦，想挂掉电话的我，不禁倒吸了口冷气。她怎么知道我？奇怪，该不会今天跟踪过我吧。于是，我决定约见她。

我们见面的地方是阿度茶馆，位于莲岳路。茶馆的窗外写着"我看着别人看着我在阿度喝茶别人看着我在阿度喝茶茶"，读起来很拗口，像绕口令，最后的喝茶茶像发嗲的女人的口气。里面的小桥流水有点田园风味，在日益趋向于大都市化，到处都是人造水泥森林的城市，给人留下了一点怀旧的情调。

卫青杏个子挺高的，留着童花头，圆脸，五官长得还可以，一双杏眼，可惜是对眼，看人时两个瞳仁打架，俗称“斗鸡眼”。她一身素净打扮，白衬衫，黑裤子，黑色平底凉鞋。要不是这“斗鸡眼”，长得算满不错的。

等她坐下来之后，我说：“你的来信我看了。你信上帝吗？是基督徒？”她摇头说不是，但她相信有灵魂，有魔鬼，因为她看见过。

“魔鬼长什么样子？”我好奇地问道。

“圆脸，童花头，斗鸡眼。”她答道。

天哪，她把镜子里的自己看成是魔鬼了。是个精神病人，我猜测着。“我梳头她就梳头，我洗脸她就洗脸……”“她会命令你，控制你吗”？我问道。“一般情况下不会。但有时会在我耳边说话”。“说些什么？”“她说我爸爸在天上很牵挂我，有次她让我看见了我爸爸。我下班回家的路上，隔着一条马路，我看见我爸在对面向我微笑着，在招手。”“那是你的幻觉。”我后悔约见她了。“你在单位工作忙吗？”我怀疑她还能够工作。“不忙。主要翻译一点工商英文函电。”“你平时下班后干些什么？”“我在学油画，刚开始不久。老师说我有天分，画得很有味道。”“以后拿些来给我看看。你的来稿算不上文学作品，没有细节描写，都是一个人在讲述。艺术是细节。你要懂得刻画人物，描写风景，写场景。”我耐心地解释什么是场景，就像在教小孩子写作文。我感到她年龄上是31岁了，可是在某些方面像小孩。

“你有男朋友吗？”我好奇地问。“没有。不过我谈过恋爱。那是读硕士的时候。在美国。”她忽然现出一种甜蜜的神情，有点害羞的样子。“怎么没有结婚呢？”我问道。“我们很相爱，在一起很幸福。但是我怕生小孩。我不要孩子，他不答应，就分手了。”“为什么不要孩子？”我觉得她的人生观很特别。

“这个世界不美好，生个孩子到世界上来受苦受难干什么呢？”她很认真地说。

我以为我对人生够悲观的了，没想到还有更悲观的。

“你月薪多少？”我好奇地问。

“7000块。”“这么多啊。我才5000呢。”我感叹着。多少下岗工人一家人的总收入恐怕还不到她的一半。“家里还有些什么人？”我又问。“我妈。我哥结婚成家另过了。”“你妈有收入吗？”“有，退休金4000多一个月。”“那你很好命了，为啥觉得活着没意思呢？”“我在美国和男朋友分手后得了精神病，我妈把我带回来的。”“住过院吗？”“住过3个月，躁狂抑郁症。”“多久了？现在还吃药吗？”“三年了。还吃药。”

果然不出所料。我为自己的猜测被证实感到高兴。其实每个人的心中都有魔鬼，或者爱幸灾乐祸，这是对比自己过得好的人，或者爱自怨自虐，这是把自己和比自己强的人比的时候。

“你可以试着写点魔幻小说。先写个短的给我看看。要把你的感觉写出来。”我安慰着。

“精神病没啥可怕的。很多大作家都有精神病。”我继续宽慰她。

“对。我知道画家凡·高有病。女作家严歌苓也是躁狂抑郁症，她的祖父就是这个病自杀的。”她懂得还真不少，不愧是留过洋的硕士。

“你家里有人得这病吗?”我进一步问道。

“我姐是自杀的，医生说可能也是。”她漠然地说道。

我心里觉得有点可惜又有点可怕。怪不得她对人生这么悲观。我见时间不早了，已到了晚饭的时候，就叫了两份牛排，边吃边聊。我发现她对食物没有什么特别的兴趣，吃得很慢，也很少。

“你父亲很爱你吧？小时候对你是不是很严格?”我想她父亲是军人，可能从小对她进行严格的军事化训练和管理。

“对，很爱我。我小时候家里条件好，饭来张口衣来伸手，父亲一走，啥都没了。”她叹息着，好像陷入往事的回忆中。

“那时候我家在郊区，住的是部队的营房，门前也有条河，有座小石桥。父亲一有空就领着我们钓鱼、抓青蛙。我从小学习成绩突出，特别是数学，总是第一、二名。我现在业余时间在炒股票，赚了不少。”她有点得意地对我说。

我心想，看来她过得比我好，并不像我想象的那么糟。算得上单身贵族呢。

“有空多出来走走。买点漂亮的衣服穿。你的眼睛动手术能治好。还可以去旅游啊。不要老想自己有病，生活还是美好的。”我再次安慰她。

“你说我的眼睛吗？正因为我长了双与众不同的眼睛，才能看见灵界的事情，才能看见我爸爸。”她的“斗鸡眼”盯着我，我感到很不自在。我知道躁狂抑郁症患者有的是天才，比如英国作家狄更斯和大物理学家牛顿，但直觉告诉我，她不是。

大约半年后，她寄了篇小小说给我。我把它摘录如下：

食心女魔

作者：卫青杏

在一座很高很高、终年积雪的雪山上，有个巨大的山洞，洞里住着一个女魔鬼，专门吃人的心，是个食心女魔。女魔有双超人的眼睛，在山顶上一望，就能看到世界上哪一个人的心脏最好吃，她能在人入睡的时候，去他那里用非凡的魔术把心吸来，吃完以后再把没有心的人的身体拎到海里沉掉。

她首先能用幻术叫人迷上某种事物，比如迷上美食、美衣、美色或者赌博、赛车，包括炒股等等，让人沉浸其中，光在脑子里想不行，要浸透到了心以后他的心脏才好吃，才有特别的味道。这些被她吃掉心的人被沉在海底的一个深沟里，天长日久，那沟都要填满了。

上帝知道了这件事，决心要拯救人类。

上帝在海上行走，终于找到那些被女魔吃掉了心的人的躯体，把他们带出海底，返回人间，给他们重新安了一颗心。

文章的寓意不错。我看完后打电话给她，叫她继续努力，写出更好的作品。

“能发表吗？”她急忙问。“这离发表还有点距离。”我答道。“可是我看到很多发表的小说还没有我写得好呢！”她自负地说。我心想每个编辑的眼光不同，对稿件的取舍也有所不同，她应当尊重我。可是，我嘴上不好说什么。她毕竟是个病人。

后来，她不时会打电话来，一次很高兴地告诉我找到了一个中医，用针灸的方法能够根治她的病，因此，她常去针灸，并且把西药停了。“我吃西药有副作用，手会抖，眼睛花，我学画画学书法都学不好，手不听使唤。”我发现她的雄心很大，想成名成家，做严歌苓样的人物，我告诉她这不可能。

她总是诉说她的无聊，找不到生活的乐趣。我叫她去信耶稣，她去了一段时间教堂，认为自己比传道士高明，就不去了。平时在家里饭来张口衣来伸手，从不帮妈妈做家务，觉得家务事很没有价值，忙碌半天做餐饭，一下就吃光了，有什么意义？看来她把自己当神仙了。我心里叹道。有时对她的电话不免有点不耐烦。

去年春节的时候，我打电话到她家想给她拜年，很久才有人来接，是她母亲。她妈告诉我：“青杏去天堂了。”。“什么时候的事？”我心里一沉。

“12月底。”她母亲说。

我猜测她可能是跳楼自尽的。她告诉过我她有喜高症，喜欢站在高的地方，喜欢那种“一览众山小”的感觉。

她想飞得很高吧。人间的烟火气她受不了,终于成仙去了。

第三炷香 点给我自己

我叫廖文君。也许命中注定我要一辈子和文字打交道，做一名“为她人做嫁衣裳”的编辑。

汉代的大富商卓某人的寡女卓文君在二十七、八岁的时候夜奔司马相如，在中国文坛上留下了千古风流的佳话。我今年49岁了，干了大半辈子文学杂志的编辑，却没有遇上能够让我和他去私奔的人。

我单位的办公楼越迁离家越远，办公室也越来越大，办公桌越来越高级，桌子上的东西越来越先进，可是我的职称却按兵不动，仍旧是个中级小编。

中国每一个省和几个直辖市都有一份文学月刊，以此来代表和展示本省的最新文学成就和成果，他们是省作协办的，吃皇粮，虽然发行量有限，但会永远办下去。在每一个地级以上城市也基本上都有一份文学杂志，是市作协办的，部分也吃皇粮，但发行量更有限，有的是内刊，要靠企业赞助。我所在的杂志社是国家正式刊物，但发行量小，影响力很有限。古代的文化人是社会贤达，受人尊敬，现在的文人是社会闲杂，被人看不上眼，我这个小编就更别提啦，地位大约只比杂吏高一点。

自从22岁大学毕业分配到这里，一辈子就是看稿、改稿、组稿、排版等等没完没了的活，以前有人称编辑为“剪刀加糨糊”，现在现代化了，是电脑加扫描，鸟枪是换成了大炮，可我们干的活实质和内涵没有变。

网络上流传过一些关于编辑的打油诗：“天若有情天亦老，人干编辑死得早。一曲新词酒一杯，作者脱稿最悲摧。两岸猿声啼不住，相互讨论印张度。问君能有几多愁？纸令令重不会求。忽如一夜春风来，扉页正文不会排。风萧萧兮易水寒，各种标点各种难。编辑排版最受累，为伊消得人憔悴……”

美国作家海明威曾对他的一个想学写作的儿子说：“在美国，具有写作这种才能的人在她的总人口里只有100万分之一。”中国作家贾平凹说：“中国想当作家的人中百分之99.9一辈子都只是文学青年，能够当上作家的不到百分之0.01。”80年代改革开放后的文学热早已成了过去，现在红起来的文学新星年纪越来越小，可惜写的东西很多是浪费纸张。不过总体来说，三十年来我国涌现出一群很有才华的作家，有几个甚至是可以到世界文坛上去称雄的。如今终于有莫言领到了诺贝尔文学奖，为中国文学争了光，为中华文化争了气。可以说，在文学日益商品化的当今社会，正是各个省、市作协办的这些文学刊物，发现、培养和扶持了许多青年作家，因此，这些看上去并不起眼的杂志对中国文学的崛起功不可没。

我这个小编虽然既无政治地位又无经济地位，被人看不起，收入仅够糊口，但我很看重自己的工作，很在乎自己工作中的每一个环节、每一个细节。我这人天生有文字癖，干这一行可谓遂了自己的心愿。我常可以为作者的一个短篇小说费心一整天，大到哪里需要补充情节，哪里的细节描写不合情理，小到哪里用词不当，标点有误……。每当发现一个有写作才华的作者，就好像地质学家勘探到稀有的矿藏，因为我知道这种几率非常之少，因而格外珍惜，倍加呵护，并且因此交到不少朋友。每当拿到一期新出的刊物，心里都会有种成就感和自豪感。可以说这些就是我这个小编20几年兢兢业业、任劳任怨的动力和价值体现。

我的父母都是福州一所重点中学的教师，我一个人在厦门。单位分给我一套两房一厅的宿舍，不到60平，房改后买了下来，一直住到现在。

有了这套房子以后，我就把它变成了文学青年的小俱乐部和文学女青年的“家”。远方的女作者来厦门，我常叫她们住在这里。我因此学会了各地的一些烹饪手法，兴致来时，就请几个好友来家里用餐。编辑的好处在于不用天天坐班，时间比较机动，我就把工作以外的时间用来看书充电，不断提高自己的文化修养和美学品位。我这个年纪的人，普遍“先天不足”，从小学起就学黄帅、学张铁生，学工、学农、学军，批判资产阶级，到高中一年级前根本没有好好读过书，对中国传统文化掌握不多，对外国文化也知之甚少，考上大学后虽然用功了四年，但高等教育经过十年动乱已经奄奄一息，学到的东西早已陈旧过时了，因此，全靠自己毕业后的努力，才跟上了时代的发展。工作是做好了，但我的婚姻却被忽略和耽误了。人生就像裁衣服，大块的布料用在了事业上，家庭上就没有剩下多少了。我天资平平、性格古板，对谈恋爱可以说是弱智。

当编辑既不能打扮得太时髦，也不能穿得太落伍。中国社会常是以衣裳取人的，中国人向来讲究面子，旧时士子出而问世，要“一团和气，两句歪诗，三两黄酒，四季衣裳。”尤其是当今，人际间的交往和交流往往取决于第一印象的好坏。我长相平平，加上打扮得没有特别出挑的地方，因此年轻时的几次相亲，都没有遇上合适的对象。中国一般知识女性的恋爱和婚姻就像菜市场的蔬菜，早上新鲜的时候没人买，到中午就得掉价，到下午的时候就是明日黄花了。就这样，我剩了下来。

说出来可能会让人笑话。我一辈子命苦的根本原因居然是当今大学校园里一幅流行的对联：我爱的人不爱我，爱我的人我不爱。我不愿意嫁给爱我的人，而宁愿要在梦中和我爱的人过日子，于是，身体永远在家里，而灵魂总是在路上。

随着年龄和阅历的增加，我发现，其实真正刻骨铭心难以忘怀的是自己最早动情的第一个意中人，以后遇见的意中人，往往会随着生活里发生的各种变动而变化，但并不会像第一个那么让人怀想，往往更多的是功利的、世俗的，要考虑很多伦理上的东西，而不像第一个那样是审美的、唯美的。也许这就是人的成熟。如果更进一步，上升到宗教阶段，那么，人可能就会选择一辈子不结婚，一辈子爱上帝。因为神是爱。

作家是天生的，好作家更是如此。我这个编辑只不过对天生的花朵进行修剪，把它们打扮装点好送到花店里而已。也许你猜到了，我爱上的人是作家，但他不爱我。情到深处是孤独。当我一个人病倒在床，身边连个端杯水的人都没有的时候，我才会想嫁给别人。可是这种情况不是太多，因此，我就一直单着。

其实单身有单身的好处，因此当单身成为一种习惯之后，许多人常会将其进行到底。欧美自古以来就有很多一辈子没有出嫁的女性，有很多是出身于贵族家庭。当今日本、韩国和中国台湾就有很多单身不嫁的女人，许多人有很好的教育背景和很好的职业及其收入。和大陆众多的贪官的情妇们不同的是，她们对性和爱有自己的自由和取舍，不必委身于权力或者金钱。她们活出了自己的价值、自己的尊严和品格，她们并不认为自己是剩女，有很多人活得比优秀的男人还让人羡慕和嫉妒，当然，她们也会有感到很累的时候，但是人生从来就不是完美的，能够如意三分，失意七分，就算上帝保佑了。

第四炷香 林梅

宋代“梅妻鹤子”、隐居杭州孤山的诗人林逋有句诗“暗香浮动月黄昏”，送给林梅正合适。因为她身上总有股暗香，不是香水或者化妆品的香味，她从来不用这些。我知道在夏天和秋天的时候，她会在胸罩里放上几朵茉莉花或者玉兰花，因此，身上就有股清香。

林梅的老家在浙江丽水。她和我是大学同学，毕业以后回老家县里的中学教了几年书，在文学上有点成就后作为引进人才来到本市一所大专学校教写作，并且在市文联挂职，算是大半个专业作家。

我们这几个人里，她算是最有出息的一个。她是独女，母亲早逝，父亲是农民，可她已经出了十本书，主要是农村题材的长篇小说，在当今通常要自费出书的情况下，她能够做到基本上不用自己掏钱，有的书还能赚点版税，这就很不简单了。而且房改后不久，就在厦门买了套二手房，把老父亲接来和她一起生活。

她的小说主要描写农村青年男女间的爱情。她写得非常纯净美好，清新优美，读后令人感到犹如夏夜清风秋夜明月，加上她身上常有的暗香，因此，年轻时迷上她的男人可不少。然而，她也成了剩女，命运就是这么捉弄人。

林梅中等身材，偏瘦。瘦长脸上细眉细眼，给人的感觉好像很精明。她的声音很有磁性，非常迷人，加上江浙口音的吴侬软语，就更带上了几分妩媚。

一天晚上，我头痛欲裂，一个人躺在床上真是有种生不如死的感觉。我想起了林梅会按摩懂中医，就打电话给她。

大约半小时后，她来了。用双手给我按摩头部，在肩背上推拿了一会儿，疼痛竟消失了。我感激地望着她说：“你真好，谁娶了你可真有福气。”

“说哪的话。我想好人有好报吧，你多保重。我们都要互相鼓励，都是老大不小了。”她给我烧了壶水，倒了一杯给我，陪我坐了一会儿，说她明天上午有课，就回去了。我看了下钟，都过了半夜1点了，公交早没有了，她一个人回去，路上是否安全？我想她可能骑车来的（那时私车还很少，她也没有），想过会儿打电话到她家，看她是否到了，没想到我很快睡着了，也忘了这事。

没想到第二天她打电话来，问我好了没有？这令我很感动。我连忙说好了，有空去她家里看她，谢谢她。

星期天，我拎了一袋水果到她家里。她住的是学校的房子，三房一厅，大约90平方。我注意到窗户和一些玻璃上贴着很美丽的窗花，问她哪里买的，她说是她自己剪的。每扇门都挂着珠帘，仔细一看，却不是珠子，而是用旧挂历剪下来粘贴做成的。她的老父亲大约七十来岁，她那时四十岁，父女俩可真是相依为命。

她悄悄告诉我，她老父亲有点老糊涂了，老催她嫁人，有时甚至不吃不喝，耍小孩脾气。他没有医保社保，老家的房子卖了，可他老吵着要回去，说住不惯城里，她怕他出门会走失，尽量都陪着他。为了让他能有点事情做，不至于太无聊，她分房子时特地要了个顶楼，在楼顶上拿土来铺开了块地，让他种些蔬菜花草。她特地陪我上到七楼的楼顶，看她父亲种的菜蔬，顺便采摘了一些，叫我中午在她家里吃饭。

我感到盛情难却，就留下来用餐。她进厨房忙碌着，我和她父亲聊天。我发现她父亲一口浙江话，我听不太懂，人满健谈的，但有点啰嗦，脑子有点拎不清，有时爱讲些她小时候的事，讲她上学如何刻苦勤奋，小学时在村子里上，中学就到很远的地方去了，每天早上5点就起床，要走很远的山路，晚上回到家里，晚饭还没吃就忙着写作业……

和我这个城里长大的人比起来，她确实要吃很多苦，才能够有今天的成就。她平时从不买化妆品，更不上美容院做美容，而是自己调制面膜，如用蜂蜜、蛋清等等加些什么草药，每个星期糊在脸上一两次，结果现在看起来，她的皮肤比我们几个都白嫩，几乎没有皱纹，显得很年轻。我说伏案久了，老觉得肩背酸痛，她教我每天用背撞墙100次。

吃饭的时候，我才发现她的手艺特别好，一份炒千张不论刀功还是火候、调料都恰到好处，吃在嘴里有点韧劲，又有点香滑，其他的红烧肉和鱼等味道都特别鲜美，她父亲种的茄子、豌豆等被她拾掇得更是色香味俱全。我终于明白了她的小说为何会写得那么多那么好，原因其实很简单：这是一个来自大自然的女儿，虽然在一些人看来有点土，有点落伍，不合时宜,不够时尚,但是,她一直是用一颗少女的纯真的心面对生活。

一天，我接到林梅同事打来的电话，说林梅晕倒在课堂上，被送进了医院。我急忙放下手头的工作，赶到医院。

医院的病房里，林梅已经苏醒了。但医生说最好全面检查一下。她的同事告诉我，可能是太累了。林梅的父亲前段时间得了肺炎，住了三个多月医院，她一边要陪在医院里，一边要上课，父亲出院后，为了还清2万多元的医药费，她又到两所学校兼课。我知道她是个非常认真、不会偷懒的人，为了上好课一定费了不少心思和精力。

好在检查结果出来了，林梅无大恙。果然是累的。我心里也松了口气。我请了几天假陪她，顺便帮她父亲请了个阿姨。她出院后就把阿姨辞了，说阿姨和她父亲处不来。她父亲是老封建，认为男女授受不亲，样样事情都不要阿姨做，还嫌阿姨碍手碍脚。她说她老家的房子卖了之后给父亲买了块墓地，因此在厦门买房基本上都是靠她赚的钱。她的房子现在看来太高了点，父亲爬楼梯气喘得很厉害，也顾不上楼顶的菜园子了。

我叫她把房子卖了或者出租，再去租套一楼的或者有电梯的，我可以帮她留意一下。不久，她自己在网上看中了一套一楼的房子，在学校附近，生活方便，就决定租下来。

我帮她搬家，拾掇完毕后她请我到附近的小餐馆吃饭。席间我看她殷勤地照顾父亲，给他搛菜的神情既温柔又细心，像女儿孝敬父亲，又像母亲在呵护孩子，不禁心里一阵感动，连忙用手机拍了下来。

其实林梅和我一样，非常渴望爱情，向往着美好的婚姻。可是，年轻时由于忙着事业，做出了一些成绩，加上长得不错，眼光就高了起来。平心而论，像她这样的女子，算得上是万里挑一了，可是当今的婚姻市场却是要求与时俱进的，并不看好她这种单纯得到了四十几岁还守身如玉的女人，不是被人认为不够性感就是被人认为有病。有幅横批叫做“与时俱进”的对联写道：“忆往昔峥嵘岁月，老婆一个孩子一帮；看今朝太平盛世，孩子一个老婆一帮。”现在的年轻女人已经没有什么贞操观念了，不但许多人愿意做小三、愿意被包养、愿意做贪官的第N个情人，就是谈恋爱，没有进入实质性的内容，没有上床，都不能算谈过，因此，像她这样的女人恐怕不仅稀少得像熊猫，而且恐怕要做恐龙了，可以说早晚要进博物馆的。

她在近四十岁的时候，还要求自己的男友必须是童男子，不但要人品好、学历高，还要家境好、收入高。原先在县里教书的时候，有不少追求者，可她没有看上的。当然，那地方她压根就不想呆，她是凤凰，是不愿也不会落脚在鸡窝里的。

等到落脚在这个城市里的时候，她已经30岁了。城里这个年龄的优秀男人，早就被人挑走了。比她条件差的人，她看不上，觉得自己熬到现在，找了个还不如年轻时候倾慕她的，太掉价了。找个当地人吧，她有个老父亲，加上条件好的她怕是贪官，不可靠；帅哥呢，对她来说好像没有安全感。曾经有个很帅的男人对她掏心掏肺，可尽说些他单位里的糗事，好像把她当妈或者是当上级，本来有点动心的她一想，这不行，我还要给他当参谋啊，一个大男人没啥事业，光长张脸有啥用呢。中国人的婚姻观从来是男大女小，男强女弱，因此，对比自己小的人，她从来不感兴趣。就这么拖到四十几岁，她慢慢降低标准了，离异、丧偶的也可以了，可是对方大都有孩子，条件好的嫌她老，人家还想再生啊，条件差的她不想做后妈，不但经济上要倒贴，精神上还要双倍付出。

好在她还有事业。这是她唯一可以骄人的地方了。十本书，不是少数目。多少学究一辈子都出不了一本书呢。年轻时看过一个外国影片《复活节的故事》，讲的是一个小地方一个想当歌星的女人到大城市奋斗，到了四十来岁一事无成地回到故乡，故乡有个男人一直追求她，她最后就嫁给了这个男人。结局还算是圆满的。这个故事要是在中国可能就不是这个结局了，这个女人大约会是个"必剩客"或者做鸡的吧。而且断不会回到故乡。

前段时间，她的八十几岁的老父亲终于寿终正寝了。我去参加了他的葬礼，葬礼上都是本市文坛的一些头面人物，可以说，林梅算得上是荣宗耀祖了。我兀然想到一个过去乡间的对联："家有书声家必兴，家有麻将家必倾"。算得上古训。可是，现在林梅没有家了，

当我看着林梅独自一人手捧骨灰盒，登上飞往老家的飞机，而我紧随其后，帮她拿着行李的时候，心里不禁一阵酸楚，眼泪情不自禁地流了下来。

为林梅，也为自己。

看起来有点脏。

万寿寺曾被称为“京西小故宫”，距今已有400年历史，现在是北京艺术博物馆，里面正在展出日本江户时代（1603-1867年）伊万里的瓷器。中国此时大约是明末到清末年间，瓷器的生产已经不如日本了。当我欣赏着伊万里陶瓷美丽精致的花色和造型的时候，不经意间见到了墙壁上的水渍——屋漏痕，不禁深深地感受到一种岁月的沧桑与无情。中国的英文名china本来是瓷器，可是因为战乱，瓷器竟然输给了学生日本，还好在清繁荣时期，景德镇瓷器再次崛起，要不我们真的对不起祖先。万寿寺的槐花开得很盛，白色的小花洒在地上，在深深的庭院里有种苍凉幽静的美，仿佛是对我们帝国过往辉煌的一点凭吊和叹息，令人追思，令人怀想。

中国现代文学馆占地面积很大，每栋建筑都优雅精致，有中国作风和气派。可惜我们去的时候A\B两馆在装修，只看了C馆的一部分。C馆的2室是海外华文作家部分，我看到了台湾作家柏杨书房的一角，还有三毛的书稿手迹。台湾美学家蒋勋说：“历史绝不是故步自封的、死亡腐朽的过去。相反的，历史是不断的更新与创造，历史是开启向未来的门户与大道！”诚哉斯言。

给我印象最深的是国家大剧院。她位于天安门广场的中轴线上，旁边是国家博物馆，由于整个造型是半圆的，有人称其为“鸟蛋”。在我看来，她和方型的国家博物馆排列在一起，暗合古人“天圆地方”的宇宙观。由于她的四周水面环绕，人在其中，会产生一种天地混沌、宇宙初始的感觉，特别是进入里面后，玻璃的天花板上清水流淌，有种中国禅诗的意境。这对于生活在大都市喧嚣的环境中的人们来说，实在是个欣赏艺术的绝佳去处。我们在音乐厅里欣赏音乐会，我看到墙上的壁灯打开时像人的眼睛，关上后像人的耳朵。这个建筑因为同时跨越着科学与美学，在当今中国文化发展过程中可以说扮演了执大旗的开路先锋的角色。

中央电视台的新楼我只是路过，人们称其为“鸟腿”，厦门人称其“大裤衩”，我觉得这个建筑给人的感觉是悬空的，空灵有余，稳健不够，好像风吹会倒似的。

北京之行很快就结束了。我想起希腊神话里的伊卡鲁斯，他用一双蜡制的翅膀飞向太阳，当他飞近太阳的时候，蜡融化了，于是坠海而死。对于年近半百没有家的我来说，“关山难越，谁悲失路之人”？我可能没有时间和能力去第三次了。

因为我安上的，本来就是蜡制的翅膀。

朝花夕拾杯中酒

“朝花夕拾杯中酒，寂寞的我在黄昏之后，醉人的笑容你有没有，大雁飞过菊花插满头。”这首《中华谣》十几年前一开始唱就俘获了我的心。如今，年近半百的我，回顾所来径，想起年少时做的文学梦以及因此结交的文学老师和朋友，真应当感谢生活，为自己的逝去的青春干杯。

1989年夏天，我意外地从自家信箱里收到一封“榕花文学创作函授班”的录取通知，我按通知要求在暑假里写了两个短篇小说《住院》、《阴差阳错》寄去，没想到两篇作品都发表了。在接到面授的通知后，我穿上了自己最喜欢的衣服前往福州，那年，我27岁。我是抱着旧时士子出而问世的梦想去的，当年的我，真是多么天真啊。

我到了位于福州于山白塔寺的福州市文联，见到了给我的《住院》写推荐评语的张英慧先生。他那时四十来岁，淳朴善良，对我的写作期望很高，说了许多鼓励的话。另一位和我年纪相仿的老师沉洲是《福建文学》的编辑，留着小胡子，带着浅蓝镜片的眼镜，十分潇洒风流的样子。还有院长、福州市作协主席黄安榕女士，那时五十来岁，和蔼慈祥。教散文写作的黄文山好像不到四十岁，稳重、不苟言笑。还有高大英俊的章武老师和儒雅风流的章汉老师 以及命运坎坷的王泉金老师。正是这些老师的谆谆教诲，使我对自己的写作有了一点信心。

岁月如梭。转眼我已五十岁了，去年出版了我的第一本文集《岁月的泡沫》，今年国庆节，我趁长假之机赴榕，到早已是我的文友和挚友的同学陈丹家中，唱一曲“朝花夕拾杯中酒”，回忆当年追梦的我们，再互相鼓劲，并且祝贺她的短篇小说《两天》获得福州市作协颁发的“优秀文学二等奖”。

陈丹68年生人，和我一样也是单身未婚。她患有颈椎增生的毛病，这几天正发病，半边手臂麻木。我和她去她父母家吃饭，然后去拜访张英慧老师和黄安榕老师，真是岁月不饶人，两位老师都已退休了，不过都还在发挥余热，特别是张老师，还为电视台等出谋划策，改剧本等，好像比上班时还忙碌。张老师还陪我逛了“三坊七巷”，看了严复的故居。

陈丹的家里有许多最新潮的外国文学作品和文学品位很高的影碟，我每次去她家，她都拿来放给我看，这次她放了片英国女作家伍尔芙的碟片。她还特地在网上给我买了张《白鹿原》的电影票，陪我一起去电影院，看完后她再带我去吃福州的名小吃。

陈丹在福州市标准化情报研究所作财务，平时工作很忙，然而她很热爱生活，空余时搞文学创作外在自己的居所张贴了一些画报上剪下来的画，还是张国荣的粉丝，我想要不是她身体不好，她的事业和生活一定会更加丰富多彩的。

寂寞的我在黄昏后，大雁飞过菊花插满头。醉人的笑容有没有都没啥关系，只要心没有秋就行。尽管现在已是深秋时节，愁的事太多，就让它一江秋水向东流去吧！

心　碑

今年清明前两天，我去薛岭给父母扫墓。

其实我的父母没有墓。他们的骨灰寄存在那里，每五年交一次费，住的是“集体宿舍”。而且由于两人去世的时间相隔八年，他们“住”的房间也就不同，一个在楼上，一个在楼下。

我独自一人去扫墓，因为我是独女，又没有结婚。我先到楼上取了母亲的骨灰，正面朝外捧着拿到下面一排排给人点香祭扫的地方，找了个位置安放好，然后到楼下去取了父亲的，捧着拿到同一个地方，并排放好。我没有给他们烧纸钱，因为他们都是无神论者，相信唯物主义。我把自己去年出版的文集《岁月的泡沫》点了一本给他们，希望他们在另一个世界里能够读到。我相信有灵魂，我相信他们的灵魂会感到欣慰，我虽然没有给他们做坟立碑，但我的心里永远有个心碑，在许多亲戚和朋友的心里，也有这块碑。

他们都是天下难得的好人，善良、勤俭、所求很少，却任劳任怨，给予我和他人及社会的却是多多。

我亲爱的父母啊，假如有来生，我一定再做你们的女儿！

中年是一杯下午茶

中年是一杯下午茶，带着淡淡的苦涩。

喜欢钱钟书先生的一句诗：“春有春愁秋有病，等闲白了少年头。”不知不觉的，头上已有白发，理发师多次建议我染，我都谢绝了。读过一首《红叶》的宋词，里面有句子道“甚荒沟、一片凄凉，载情不去载愁去长安谁问倦旅？羞见衰颜借酒，飘零如许。”是的，四十七岁的我，依然伶俜无依，可谓“谩倚新妆，不入洛阳花谱”了。

年少时母亲希望我将来成为淑女，要我学琴棋书画。可是，小提琴买来了，却没有请教师教，于是成为摆设，终于在去年被我送给一位文友。我希望这把苦命的琴，能找到一个拉它的人，哪怕“知音少，弦断有谁听”！

也曾有过“诗酒趁年华”的岁月。然而，敏感、倔强、不识时务的我，潦倒愁困的时候多多，春风得意的时候少少。以为“知识就是力量”，于是成了书呆子，一任红颜老去，门前冷落。现在发明一词，叫做“剩女”，鄙人就是。

什么女人要自立自强啊，说说容易，做起来真难。真羡慕那依人的小鸟，真羡慕那袅娜多姿的凌霄花。

百孔千疮的心和中学同学会

从上个世纪的九十年代后期，我断断续续地参加了几次中学同学会，有高中分班前的，有为了高考分班后的，我参加比较多的是高中5班的同学会，那是分班后的，虽然仅同学一年多，但那里有我当年梦中的“他”，同学会是唯一能再见到他的机会。

一年一度的同学会都是在中秋节前后举行，无一例外都是“搏状元”。今年中秋后，我收到一条手机短信，说由去年的“状元”张禾、余祥组织，到陈飞跃同学任董事长的云霄金汤湾海水温泉度假村去泡海水温泉。我立即报了名，毫不犹豫。

陈飞跃和我一样是厦大教职工子女，但因为只同学过一年，以前并不熟悉，只知道他考上国防科技大学，毕业后去美国，后来回国做生意，发了，是班上少数几个事业有成的成功人士，而我和我梦中的“他”都很平凡，一辈子都只居中流，没有什么可以炫耀的资本，而对于一直没有结婚的我来说，只有比常人多了一颗敏感的，已是百孔千疮的心。

9月23日晚上，我接到女同学陈志越的电话，说24日下午两点在白鹭洲的光大银行门口等张禾的车，我和她以及翁翠莹同学将一起搭张禾的车去云霄。

于是，本来就睡眠不好的我，在兴奋和激动中又一次失眠了。

24日下午，我们顺利地搭上了张禾的车，到海沧大桥附近等其他人。过了不久，同学们都到了，总共有24人，其中有四位是同学的家属，还有一对是同学夫妻。但我当年的那位伊人没有来。

一路上，我吃着志越带来的枣子，和大家有一搭没一搭地聊着，不知不觉就到了目的地。

金汤湾的豪华出乎我的意料。一进大堂，就看到约400来平方的中心立着一个和厦大建南大礼堂前喷水池相仿的大碗石雕立在水池中，周围绕着些云气。我和黄晓晴拿到了房门钥匙，我们被安排住在一间，石竹居4D。

搭电瓶车约五分钟后到了石竹居，打开四楼的房门一看，床上和洗手间都撒着红玫瑰花瓣，两边床头柜上的台灯灯罩是白色的，灯身是片叶子的造型，有厨房，内有燃气灶，一个大冰箱，一个滚筒洗衣机带烘干的。外面一个阳台，有个小海水浴池，两张木躺椅。洗手间的装修豪华古雅，洗脸池和龙头都是铜的。

我被衣柜里的一个保险箱所吸引，把小包放进去，关上后却打不开，只好打电话叫服务员来，没想到服务员很快就来了，打开后很耐心地教我使用，可他走后不久我放进去仍打不开，只好又叫服务员来。来的两个服务员态度和蔼，都是很年轻的人，看上去大约20岁吧，第一次是男的，第二次是女的。

接着我们就回到大堂楼上吃晚饭，搏状元。宴会分两桌，我正好坐在陈飞跃董事长对面，这才看清他头发都多半白了，这是一个相貌很和蔼的人，似乎不大爱喧哗，话不多。饭后搏状元，陈飞跃中了状元，因此，明年我们可能会再来。

然后就是去泡海水温泉了。我虽然带了泳衣，但因为来例假，不能下池，只能坐在池边泡脚。我先到第一个池子，陈董事长和以前的班长夫妻都在泡着。我听董事长介绍说海水温泉因为水中没有微生物，所以泡后不会粘，而且能去脚上的死皮。整个度假村占地1000亩，五年前动工兴建，投入运营两年，还有很多没盖好。我呆了一会儿后和两个女同学到海水按摩池，我又没有下去，看了一会后听说不远有鱼疗，我第一次听说，就过去了。

到了鱼疗池拿掉浴巾坐到池边才发现，周围只有我一个是女的。三个男同学在池里泡着，我坐在离他们四、五步远的池边，一群约两厘米的小鱼围过来，轻啄我脚上的肌肤，痒痒的，有点麻。一位男生问："鱼有过去啄你吗？"我答："有。""看来这些鱼也有公的嘛！"一个男生说。我沉默。"你怎么知道不是同性恋呢?"又一个男生说。无聊。我在心里说。我开始后悔来鱼疗了。

我孤单地坐在水池边上，听任小小的鱼儿轻轻地啄着，感觉像一群蚂蚁在爬着我百孔千疮的心。在人生的旅途中，我孤单地走了大半生，既没有权没有势，也没有名和利，青春早已逝去，父母早已不在，我这朵花枯萎了，却没有结出果实。那个当年的伊人，迄今也不知道我曾经怎样狂热地暗恋过他。

是的，我已经老了。

一个五十岁剩女的自白

很多人奇怪我到了五十岁还没有结婚。五十岁，年过半白了。五十而知天命。也许这就是命当如此。不是我不想结婚，而是做梦都想，然而却没有男人真心爱上我，并且要我。

美国作家塞林格说：“一个不成熟的男人会为了某种事业英勇地死去，而一个成熟的男人会为了某种事业卑贱地活着。”对女人来讲何尝不是如此呢？尤其是一个未婚的没有老公和孩子的女人。我认为：在中国，一个女人能够活到五十岁没有结婚就是强女人，不管她的事业有没有大的成就，她的内心一定足够坚强。单身的女人，首先要面对的是社会上各种各样看你的目光：有温暖的，有尖锐的，有挑剔的，有冷嘲的，有善意的，有恶意的……为了生活你不得不百般讨好，笑脸面对，忍辱负重，战战兢兢。女人没有结婚，家里就没有什么温暖，做了许多菜一个人吃，吃着吃着，眼泪就流了下来。什么叫“独自凄凉人不问”？什么叫“寻寻觅觅，冷冷清清，凄凄惨惨戚戚”？只有五十岁的单身女人能懂。五十岁的女人只能跟寡妇或单身女人做朋友，不会陪着丈夫出门交际应酬，只能在家做宅女，连龙头坏了，灯泡坏了，都要自己动手，买来的大点的电器要自己旋螺丝。五十岁的女人夜夜守空床，生病头疼，连个给你端杯水的人都没有！德国一位著名心理学家说："女人没有丈夫，就像鱼儿没有水。"而一个五十岁的剩女，卑贱如狗！

鲁迅曾教导青年人说：写作要坚忍、认真、韧长。我从26岁发表作品到现在，只出了两本文集，还是同学赞助的，因此事业上不算成功。而没有丈夫和孩子的家就是炼狱，我天天都在里面煎熬，只盼望着能够有个人拯救我，使我能够脱离出来，和每一个有家的人一样天天聆听锅碗瓢盆的交响曲。

我是人，我需要爱。

湘行散记

十一月初的长沙天空灰蒙蒙的，我们走出飞机后乘车前往毛主席故乡韶山。

一路上，只见公路两旁都是很普通的建筑，没有什么特色，行道树也很不起眼，在灰蒙蒙的天空下好像也裹着一层尘土的灰。

韶山的毛泽东广场很大，两边的路长183米（主席的身高1.83米），宽12.26米（主席生日是12月26日），路边的大石头上刻着毛泽东手书的诗词，有《七律·韶山》，《沁园春·雪》等等，广场正中的毛泽东铜像是毛泽东诞辰100周年时从南京运来，据导游说江泽民来给铜像揭幕时太阳和月亮同时在天空出现，广场周围杜鹃花也全都开放了。说明毛主席的功绩与日月同辉。

毛主席的故居据说风水很好，一旁还有一个警卫班驻守。故居坐南朝北，房前是两个小池塘，背后是山。毛泽东纪念馆里在卖毛主席的铜像，一个几十元上百元不等，还有毛主席手书的福字小镀金牌，一个30元，一走出来就是一群妇女或小孩缠着我们，说“请”一个小半身像10元，一份像章10元，而边上的韶山图书馆虽然建得很气派，有三座蓝瓦圆形屋顶的小楼，却大门紧闭，门前冷落。我想作为一名彻底的无神论者，无产阶级的革命领袖，一生嗜书如命的毛泽东，如果知道了他家乡的这一切，不知该做如何感想。

我们去的第二站是凤凰。车到的时候已经是晚上了。大家去逛了夜晚的凤凰城，只见到处灯火辉煌。沱江两岸，“疑是银河落九天”，每个吊脚楼客栈都是彩灯环绕，各色招牌霓虹闪烁，风情万种。

第二天上午，我们乘小船饱览了沱江两岸的风光。只见吊脚楼上各种酒吧的名称十分有趣，如：西风瘦马，流浪者酒吧，根据地酒吧，还有一个叫私奔吧的，我想寒暑假的时候大学生们一定很喜欢来。我们下船后到了虹桥，这是座廊桥，朱元璋时修建的，在桥里眺望，两岸的吊脚楼尽收眼前，静静的沱江仿佛在给你讲述着她那遥远的过去、迷人的现在和未来。

凤凰民俗博物馆二楼是大画家黄永玉的作品展览馆。房间中间一排的玻璃柜里是他画的沱江两岸风光，我们刚才看到的美景在这里一一呈现，使我深深地体会到什么是“艺术源于生活，又高于生活”。

我们还参观了清末湖南省巡抚陈宝箴的故居，民国第一任总理熊希龄的故居，特别是著名作家沈从文的故居，我想凤凰能够名扬四海，首先应该归功于沈从文先生，他把本是边远蛮荒的一座小城写得那么美丽动人，充满了人情味，实在难能可贵，令人惊叹。

我们的最后一站是张家界。到张家界市区的晚上我们观看了“魅力湘西”大型歌舞表演。整台演出气势恢宏，惊天动地地再现了湘西古老的民俗如“哭嫁”、“赶尸”、“上刀山，下火海”等等的情景，看后令人难以忘怀。早上到游览区的时候天下着雨，虽然我带着雨伞，但我还是买了5块钱的雨衣。乘百龙天梯花了1分58秒从地面抵达天门山山顶，有种格外惊险刺激的感觉。只见经过的山体一层层的，有点像叠着的书，原来这里是石英砂岩大峰林地貌。遗憾的是山上大雾迷漫，四处茫茫看不见，一路走来，只能借着很难得的一阵子风刮起来时看到一点偶尔露峥嵘的峰林，想看电影《阿凡达》的拍摄地也不能如愿。就是那个著名的天门洞，1999年国际特技飞行表演人类首次驾机穿越的天然山洞，我也只能隐约地看到半边。

接着我们来到袁家界土家族的袁家寨子游览。一进寨门就是一只卧着的老虎，原来这里的最早的祖先是吃虎奶长大的，所以他们不猎虎。土家的男孩一降生就要用烧红的铁板烙脚底，长大后可以不用穿鞋在林子里走，男孩12岁就要独自到深林里生活，能够走出深林活下来就算成人了，可以和阿妹对歌娶亲。我们看到了土家族人原始的狩猎工具，被联合国列为世界非物质文化遗产的土家织锦，以及纺线，牛转车碾谷子，舂糍粑等等，还有土家人娶亲的仪式如对歌、哭嫁、入洞房。

乘缆车到达天子山，天子山因当地的一个农民起义领袖向大坤被拥为“向王天子”而得名，据说是“秀色天下绝，山高人未识”，只是我们到时到处是云遮雾罩，什么御笔峰、仙女献花、点将台等等都只能闻其名而不见其影。给我留下印象的是一座高6.5米的贺龙铜像，像的左边有匹他心爱的战马依偎在脚旁，贺龙手拿烟斗，目视右方他的家乡。随后我们来到黄石寨，我们看到了朱镕基题写的“张家界顶有神仙”的大石。说是“不到黄石寨，枉到张家界”，黄石寨山奇，水奇，云奇，石奇，树奇，珍禽异兽奇，据此命名的“六奇阁”位于黄石寨顶，我们到阁里面看到十个土家姑娘在表演节目，就坐下来观看，只见这些姑娘唱完歌后拉男观众和她们表演结婚场面，然后入“洞房”，和她们进去的人每人要给100元，可见土家丽人也不浪漫，而是精明得很。

下午我们下山看十里画廊。一路走来，十里画廊真是名不虚传。美丽的山峰有的像人的手指，有的像金鸡报晓，有的像在照全家福，有的像采药老人，在云气的氤氲中充满灵性，富有传奇色彩。人在其中，能够充分领略到什么是“诗中有画，画中有诗”。

第二天，我们来到张家界国家森林公园。清澈见底的金鞭溪一路在我们身边流淌，给我们讲述着“神鹰护鞭”，《西游记》里唐僧师徒西天取经的历险，还有《宝莲灯》沉香劈山救母的故事，等等。导游邬小姐说这条路是当年贺龙带领着红军长征走的路，沿途都是送行的乡亲，《十送红军》就是这里先唱起来的。我们就请邬小姐给我们唱一遍。于是，在邬小姐凄婉苍凉的歌声中，我们脚踩着鹅掌楸的落叶，行走在被雨水打湿的石板路上，好像时光倒流了几十年。

四天的时间实在太短暂，我们走了湖南省的三分之一，但有十几个小时是在车上度过的，因此留下许多遗憾。特别是张家界，我们只看到了这个绝色美女裹着面纱撩起的一角，她的迷人的风采和神韵还没有领略和欣赏到。

人说山西好风光

冬天的山西太原天空灰蒙蒙的，车子经过的地方都很肃杀苍凉，就是山也不像南方的那么妩媚秀丽，都是光秃秃的，像坚毅刚强的男人。城里的空气总有股呛人的煤烟味，令我们这些厦门来的人很不适应，嗓子有点干燥，喉咙痒痒的。

我们一早从太原乘车去五台山，途经阎锡山故里，就顺便去参观一下。

一进“阎锡山故里”的大牌坊，里面的房子很旧，占地面积很大，古朴厚重的样子，远不像江南民居那么秀丽，也没有徽派建筑的典雅。主楼坐东朝西，在风水上是背靠山，脚踏河，子孙财源不断。一楼的门像窑洞门，门旁是家训的砖雕，每一条都很口语化，很有教诲意义。管家住的房子院落南北各有个门开着，表示不得留财。现在里面还有人住着，估计是看护院落的人。整个家宅底下有地道，我们下去走，只一人宽，很黑，岔路多，走了一阵找不到出口，就退了回来。

中午时到达五台山，天下起了雪。飘飘洒洒的雪花真是冬天的精魂，令我们这些南方来的很多是头一回见到雪的人格外激动，几个小伙子打起了雪仗。

五台山的喇嘛庙是黄色琉璃瓦，接待过几个皇帝。里面的观音洞很有名，据说仓央嘉措曾静坐于此。在康熙题写的“武台圣境”处，屋檐晴天会滴水，有时有佛光。后来翻修时发现屋瓦上有孔，可漏雨水至屋顶底部，底部有蓄水层，天晴时太阳照射，水受热蒸发出来。我在这里第一次知道喇嘛是吃肉的。

大白塔是五台山的标志性建筑。最早建于元朝，明万历皇帝的母亲为了使她儿子能够江山永固出资重新修葺扩建。是实心的，有13层，戴着顶大布帽，帽檐上有风铃缀着。

雪停后在宾馆滞留了一上午，路上通车后我们去雁门关。雁门关名不虚传，地势险峻。关门对面是毛泽东1948年4月手书的“雁门关”三个大字。关口前右边一列石雕是男的骑马弯弓的各种姿势，从杨业开始往右是六尊，称为六狼；左边的是女将，从佘太君起往左是八尊，叫八虎。关门屋檐上的铁风铃“丁丁铃铃”响了几声，给这里更添了几许苍凉。

关内左边从低到高是一系列客栈，右边是人家，我们走了好一阵才见一个女人出来。时近黄昏，只有我们这些游客，喊一声四面都是回音。我一路领先爬到高处照相，途经关公庙，见到瞭望台、攻城战车等。站在高处眺望，夕阳下的群山一片土褐色，想起当年守关的将士和曾经的鏖战，不禁想起“将军白发征夫泪”的诗句。那在群山间绵延万里的长城，望不到尽头，就像我们中国绵长悠远的文明，生生不息。此情此景，让我充分地体会到我们为什么总爱把战士比喻为长城。

接着车到大同，我们去参观云冈石窟。北魏建国后用60年修建石窟。我们在5窟见到的释迦牟尼大佛像，高达17米。6窟是释迦牟尼从诞生到成佛的经历，和5窟相邻，两窟最薄处不到2.5厘米。当时没有油灯、蜡烛而是用火把照明，能够雕刻出这么精美的石雕，真是人间奇迹。

下午我们来到乔家大院，见到了山西典型的民居。张艺谋导演的电影《大红灯笼高高挂》就是在这里拍摄的。整个大院在高处看呈“喜”字形结构，有五进，最大最精致的是第五进，乔家第五代乔致庸时建的，当年《大红灯笼高高挂》的女主角就住这里。乔家到了第五代后衰落，全部迁出，可谓“黄鹤一去不复返”了。

最后一天我们来到平遥古城，住进了“鸿鹄客栈”。我一人一间，睡的是北方的炕。房间里的木桌椅和炕几都有很精美的雕刻，炕上挂着帐子，还有绸缎面的被子，显得古色古香。在大院中间看四周房顶，屋檐上都有叫兽，屋脊上都有个小房子造型的烟囱。

平遥有2800年历史。西周时建城。现在的县城是明朝时刘伯温设计的。东西、南北各1.5里，呈“口”字形。城里不种树，当地老百姓谚语是“前不种梨，后不种柳，中间不种鬼拍手（杨树）”，因为北方屋前常有枣树，再种梨就成“早离”，商人出门，媳妇在家怕留住别人，所以不种柳。

整座城是龟城。南是龟头，头前有水，北是龟尾，尾后是山。东西面是脚，各两个城门。水生财，山生丁，所以人财两旺。航天员刘旺就是这里人。

“四大街、八小街、七十二条蚰蜒巷”。是对古城的总概括。东西大街是条直线，南北大街在东西交叉处有个拐脚，因此不是直线，但是平行线。我们从南门进入，城门内有个瓮城，瓮城边摆着两辆仿造的古车，石板路围出一段，上面是两道古车辙，由此可见当年车如流水马如龙的繁华景象。明朝时这里最繁华的街道堪称“中国的华尔街”，“进入平遥城，黄我们在跨海大桥旁拍下照片，然后乘半潜艇去看海底珊瑚，阵阵海浪打来，我们在上面船上的人衣服头发都湿了。在吉贝岛上的烤牡蛎真是惬意，我们一桌桌围在炭火边，在铁条网上摊开一只只牡蛎，耐心地等它们爆开壳，然后食用，不论吃多少都是免费的。楼下有钓鱼，但钓到后要放回去，因此我兴趣不大。

第二天，我们去看了玄武岩自然保留区，这是几千万年前地壳运动的杰作，当地有用玄武岩盖的房子，据说可以招财。但我不是地质学家，对这个没有兴趣。下午，我们去海滩做水上运动，有海上摩托等，每人可玩7个项目，虽然我带了泳衣，但因为头疼没有下海，坐在岸上看行李。大家说这是最开心的运动，既惊险又刺激。

接着的一天我们去参观了歌星和词作家张雨生的故居和潘安邦的旧居，两户人家相距不过十几米。但两人年龄相差十几岁，且后来都迁出澎湖了，所以童年时并不认识。潘安邦旧居的后花园里有外婆和小男孩的铜像，面朝大海，坐在矮墙上，《外婆的澎湖湾》的旋律再次响起，多么亲切多么如梦如幻，我们在此纷纷合影留念。然后我们到天后宫参观，这是座有近400年历史的妈祖庙，庙檐是燕尾式的，代表是座官庙。庙脊的正中雕着一对龙马，下面是“祈求平安”四字谐音的图腾雕塑。我们还去看了有三百多年历史的一棵通樑古榕，由于当地风向的原因，整棵榕树像房梁似的横着生长，与地面平行。这棵榕树长出和地面垂直的90几个气根，用水泥柱固定，代表了澎湖的90几个村庄。澎湖螃蟹馆里大大小小的螃蟹标本让我这个爱吃螃蟹的人大开眼界，而有一个小圆桌面那么大的海龟更是令人诧异。我们还看到三合院式的澎湖旧民居模型，正房夫妻住，东西厢房子女住，门前种丝瓜。

总体感觉澎湖和闽南地区的海岛渔村很像，当地居民是从漳州泉州迁入的，因此闽南话和我们是一样的。一首歌就开发了一个旅游景点，可见文化这个软实力的力量。

感受幸福

歌德有句名言：人生，无论如何，它是好的。生活中不缺少美，而是缺少发现。感谢上帝给了我一颗善于感受美的心灵，使我时时能够领略到生活中的幸福。清晨搭公交上班，沿途欣赏着环岛路旖旎的风光和美丽的大海，深深地感到做一个厦门人是多么幸福；冬天的中午下班回家，走在软件园的柏油马路上，正午的太阳照耀在额头上，暖暖的，有种微微的醉意，感到工作着是多么幸福；晚上睡觉时小猫大宝偎在脚边，给我一点温暖，使我感到世界上还有个小生命依恋着我，因此我是多么幸福!

许多人抱怨自己不幸福，没有车啊，没有房啊，没有钱啊，没有老公啊……其实幸福的感觉是由无数微小的瞬间组成的。陶渊明能够在平凡的生活中自乐无求，善于在平淡无奇的生活中保持高尚的审美情趣，这是需要很大的定力的。这是一种东方文化所特有的淡定，需要有悟性的人去感觉，看似平凡，却不容易做到。因为在喧嚣浮躁的当今社会，一个讲时间就是金钱的社会，聪明人总是太多，像我这样的傻瓜不多啊。

过年的记忆

小时候，第一次有过新年的概念时我已是小学五年级的学生。

我家那时住红卫五（即芙蓉五）118号，对面是个公共盥洗房，每家吃完饭都到这里洗碗。一天，邻居女孩李梅到盥洗房洗碗，我看她穿了新衣裤，她见我仍然穿件旧大衣，就问："过年了，你没有穿新衣服啊?"我这才明白原来过年是要穿新衣服的。我忙说："我家是生日穿新衣服的。"她说："过年就大一岁了。"我见她比我小，却懂得比我多，便不好再说什么，就回到自己家里。

那年，我的母亲刚从医院里出来，没有给我买新衣，也没有特别为过年准备什么，但是我却有了过新年的概念。可是我从小到大从来没有人给过我压岁钱。

红卫五前面有个篮球场，大学生们有时在那打球，放寒假大学生都回去了，因此成了我们小孩子的乐园。每年除夕前，父亲会去买些烟花在那里放，引来许多一楼的邻居观看。烟花有的在地上打滚，有的腾空而起，有一次放的烟花升起之后是三个红、蓝、绿的小降落伞。每年父亲放烟花，我都得意万分，心里乐滋滋的，屁颠屁颠地跟在父亲后边，开心极了。

上高一以后搬到大南14号305室，一个楼道住六家。每年过年前我和母亲忙着做“煎壳”（即沙茶饼），我和母亲边揉面边放猪油，然后擀皮，馅是用舂碎的花生拌着白糖，像包饺子似的包好拿到油里炸。我们每次做到半夜三四点，有次我困得头晕了，见母亲没有歇的意思，也就强打精神做完。第二天，母亲把做好的“煎壳”分给左邻右舍。

工作两年后，我家搬到了西村。每年过年我负责大扫除，吃的还是父母亲做。父母亲都不善于烹饪，加上年纪老了，因此鸡鸭鱼肉都做得很随便，也没有什么过年的样子。由于家里人口少，我又没有成家，看着别人一大家子热热闹闹的，我家显得格外冷清。

父母亲走后我就一个人过年。年三十常到堂哥或者朋友家里围炉。我想我的心本来就硬，因为总是一个人过年，就变得像玻璃似的，透明易碎。

人生是一个过程

泰戈尔有句诗说："我们的一生是一个古老的负担，我们的道路是一条漫长的旅程。"人生就是如此。人生是一个过程，只有亲身体会其中的酸甜苦辣，经过挫折，失败，探索，才有可能取得成功，而这样得来的成功才真正能够使心灵得到欢欣。人在年轻的时候要敢想敢干，不要怕，年老的时候要心平气和，不要悔。这样才能够"使生如春花般绚烂，死如秋叶般静美"。

我的一个亲戚，三十几岁的大小伙子，长得高大英俊，可是从高中毕业后就一直在家里当啃老族，也不恋爱结婚。他的父母都是县城的退休工人，工资低，但是也还养得起他，有个亲戚给他在上海联系好了叫他去当保安，他去上班两个月就回来了，独自生活当然没有在家里舒服，然而我想他一定没有能够领略一个同龄能够独立生活的人应当领略的人生乐趣。这是我们教育的失败。不经历风雨，怎么见彩虹？我们的家长总是担心成年的孩子失败，尽一切可能地为孩子的人生铺平道路，从担心早恋，到为他选高考志愿，到将来的就业，成家，恨不得自己代替孩子，什么叫专制？我想家长做的这一切就是。中国人太多啊，生存本来不易，于是有不少孩子干脆不竞争，放弃成长，永远做孩子。

我们常讲中国教育问题很多，我觉得有很多问题是出于我们传统文化价值上的，我们传统的价值观人生观是小农社会的产物，不能够适应现代的工业社会。我想，中国要现代化，就应当像西方那样，不仅要尊重孩子，更要逼孩子自立。孩子是人，就应当让他站起来走路，而不能够让他永远躺着或者跪着。

怀念刘瑞堂副校长

2006年10月20日的早晨，我从住处步行到单位上班，途经白城的布告墙，看到了副校长、物理系教授刘瑞堂先生去世的讣告，顿时心里觉得沉甸甸的。

在我坎坷的人生旅途中，遇到过几位帮助过我的贵人，刘瑞堂副校长就是其中的一位。

我在童年的时候就认识刘老师了，那时我家住在红卫五（即芙蓉五）118号，对面是个水房。刘老师家住在过去几间，那时这栋楼是物理系的教工和学生宿舍，一楼住的都是教工。我家从永安下放回来后就住这里，我从小学四年级一直到读高一都是这栋楼楼下的孩子王，经常到处串门，和小伙伴们做游戏，讲故事。刘老师的儿子刘奇峰那时很小，但我有时也会去他那里串门，拿些玩具过去玩。我知道刘老师有个绰号叫“刘鬼”，那时是位年轻英俊和蔼可亲的叔叔，刘老师的夫人陈雪娥老师那时也很年轻漂亮，心地善良，待我很好。我们后来一起搬到大南，我家在14号楼，刘老师住15号楼。

我高考那年厦门常缺水，每天早上5点多，我就要拎着水桶到楼下排长队挑水。我有一次到14号楼楼下挑水，碰见刘瑞堂老师也在排队等水，他关切地问我：“你今年要考大学了，想考那里啊？准备得怎么样了？”还帮我提过水桶到龙头下面接水。我那时很不懂事，有点傻却又自以为是，对别人的帮助不知道感谢，也没有回答刘老师的问题。

后来我家搬到了西村，刘老师也搬到西村，路上偶然碰到，我见到他也只是点头而已。我向单位申请了停薪留职，到厦大旁听了不到一年，后悔了，想回原单位工作，母亲去刘老师家，刘老师的夫人陈雪娥老师来我家，叫我不要急着回去，要珍惜这个机会，多学点知识，课堂不是随便能进的，你能去学，就要珍惜。后来刘老师当了副校长，搬到敬贤住了，我就很少见到他了。

我1993年到《特区少儿文学报》当编辑，工作不如意，想跳槽到厦大出版社，但那时厦大有个规定：厦大教职工子女在厦门市区工作的，进厦大要校党委会集体讨论通过，我听说刘副校长在厦大是负责人事方面的，就和父亲一起到刘副校长家，请他帮忙，刘副校长一口答应了，这使我看到了人生的希望，感受到了人世间的温暖，心里觉得热乎乎的。我在厦大人事处办理调动手续时刘副校长来对我说："你能调进来，这是破例当中的破例，有某某人的孩子想进来，都没有通过。"因此，我格外感激刘副校长，对此铭记在心。

我进出版社不久生病住院三个月，出来后总编辑许经勇先生告诉我，刘副校长很关心我，我听了后心里觉得十分惭愧，决心要努力工作，才能对得起刘副校长的一片热心。

我是个不善交际的人，尤其对于领导同志，我在他们面前有很深的自卑感。但刘瑞堂副校长对我的深恩使我没齿不忘，而我又不能够回报万一，连他病危住院都不知道，也就没有去探望，心里觉得十分愧疚，只觉得他走得那么突然。

我想善良的、慈爱的刘瑞堂副校长和他的夫人陈雪娥女士在天堂里一定能够安息，我没有送过礼物给你们，连鲜花都没有送过，只有这篇短文献给你们。

回忆应锦襄先生

今天早上上班，同事李小青告诉我：应锦襄先生去世了。我忙打电话问香梅，香梅说是24日晚走的，北京时间25日早上。于是我不得不相信，我再也见不到慈爱的应老师了。

我从小在厦大校园里生活，知道应老师，但一直到2008年以前，没有和她交往过。我在八十年代中期，曾经到厦大中文系旁听过应先生的几节课，讲的是中外小说比较，记得她讲到了南普陀寺里的哼哈二将和韦驮，还讲了莫泊桑的短篇小说。我惊讶于她的口才和记忆力，对她学识的渊博和对学生的亲切和蔼十分钦佩，但那时的我是个很不善于与人交往的人，也就没有和她结交。

直到2007年，我开博客了，链接了厦门文学的编辑和作家王莹，发现她和应先生很熟，而且常来往，于是，我请她引见我认识应先生，王莹答应了，于是，在2008年1月21日下午，王莹带我到位于厦大白城9号楼的102号应先生家里，结识了久仰的应先生。

应先生那时八十一了，一头雪白的头发，带着副眼镜，气质风度十分典雅高贵。我和她谈起刚看的一本高行健的短篇小说集，她去书房里拿出她买的《灵山》，说借给我看。我走的时候，她送给我两本书，一本是她父亲应成一教授著的《中国书法探原》，还有一本是《三人行》，三人里有一人是她。在此之前我拜读过她和林铁民、朱水涌先生合著的《世界文学格局中的中国小说》，知道他们三人是好友和同事。我感到与应先生有种相识恨晚的感觉，要是早认识的话，我的学问和生活一定会收获很多。

接下来新学年开学后，应先生叫我晚上去她家，和一些研究生一起分析一些小说，第一篇是莫泊桑的中篇《苡威荻》，应先生讲了现实主义的起源和发展后叫大家分析这篇小说，小组里有六七个人，有男生有女生，我发现他们水平很高。应先生听后进行总结。以后每周有三个晚上都这样，一直到放暑假为止。记得有一次应先生的爱人芮老师拿出一份应先生在复旦大学中文系的各科学习成绩单，我看了一下，几乎都是优等。

我有时下午会找应先生聊天。应先生十分好客，对我十分热情，每次都拿出点心给我，还亲自烧水泡茶，斟给我喝。有几次还特地打电话邀请我去她家吃饭，应先生亲自下厨，用烤箱烤出鸡丁来，酥脆可口，好吃极了。去她家听课的学生有时也在她家吃饭。我不会做菜，每次到应先生家都是吃现成的，有次还喝醉了，吐了一地。我从她那里了解到不少学术界和厦大的一些事。她思维敏捷清晰，看问题一针见血，一点都没有八十岁老人的老态，倒是一个睿智的长者和我促膝谈心。因此，我总把心里话都告诉她，还拿出一些自己发表过的文章给她看，拿一些刚写好的习作请教她，应先生总是认真地看完，提出中肯的意见，因此我还拿了几篇文友的文章请她看，她也都一一指点。有两三次我还带了同事杨木梅和李小青去她家里，听她讲唐诗宋词，记得她给我们讲白居易的《琵琶行》，讲到“钿头银篦击节碎，血色罗裙翻酒污”时，她仔细地画了篦的形状，还讲血色罗裙的血是猩猩的血。

2008年的圣诞节，应先生邀请我到她家里，和她的学生一起欢度，我们一起吃了圣诞晚餐，照了相，每个人还唱了一首歌，我唱的歌是《好人一生平安》，我在心里默默地祝应先生和芮先生健康长寿。

我在2009年5月份搬回新西村的新房，邀请应先生来我家做客，应先生八月份和香梅一家来，还带了一位原来教务处的谢老师。应先生送我一个很漂亮的青花瓷杯和笔筒。

应先生家有个小庭院，院子里种了些灌木花草，养了好几只猫，我有几次饭后听到她招呼猫来吃食的声音，简直就像在和孙辈们说话。她叫我搬家后可养猫做伴，还跟我说起她以前养过的猫的故事，她说达尔文的《物种起源》里提到，全白的猫如果眼睛都是蓝的有可能是聋猫，有回她就在一个人的肩膀上见过一只并且认出它是聋的。

去年六月，应先生和芮先生要去美国儿女家，临行前她到西村我家来还我借给她的书，我告诉她我新养了只白猫大宝，说来也真怪，平时一见到来人就躲起来的大宝，那天很安静地躺在我书房的椅子上，应先生上前抚摸它，并且夸它漂亮时它也很友好地和她面对着，听她说话。我要请她在楼下小餐馆吃饭，她说等回国后再请她和芮先生一块吃，她告诉过我她在美国的Email，但我没有记下来。我以为一年后就能再见到她，没想到这一面竟是永诀！

安息吧，应先生，你劳累了一生，该好好休息了。

清明节悼念芮鹤九先生

人们说恩爱的夫妻会在一年内相继去世。去年七月一日，我到厦门市文联参加了应锦襄教授的追思会，今年三月十三日中午，我接到他们的义女婿林国辉的电话，说芮先生在十一日晚走了。

我是2008年由王莹带到白城九号102室认识了应先生和芮先生的。早在我20几岁时，就在厦大的图书馆借阅过芮先生翻译的陀思妥耶夫斯基的作品，并且记住了译者的名字芮鹤九，我知道他是厦大外文系的老师。2008年认识芮老师后发现他讲话声音嘶哑，他说九十年代时得了喉癌，动了手术。

此后，我常到他们家和应先生聊天，芮先生大多在他的房间里，有几次应先生叫我到他们家吃饭，芮老师会不无得意地告诉我哪些菜是他做的，他说他的名字叫鹤九，就是要喝酒，因此，他总会喝上一点。他们家客厅里的精品柜中有许多世界各地的形式各异的小酒杯，像艺术品。柜的上方摆着一幅芮老师中年时留着大胡子的侧面大头彩照，照片中的芮老师神采奕奕，像位大艺术家。我借给他们《北大批判》一书，他们看后托我买一本，我买了本送去，他们坚持要付款，我就收了。有两次有些学生在他们家，我和他们一起吃饭，芮老师拿出相机拍了些照片，还特地洗出来给我。

去年八月芮老师从美国回来，我去看他，见精神蛮好。他和我说起他是安庆人，但兄弟姐妹都在台湾。国庆节我请他和义女香梅到西村旁的富万邦四楼吃吉口过桥米线，他说他年轻时在云南待过，很爱吃。后来他向我要我写的悼念应先生的文章，我拿了U盘去他家，可是他的电脑是美国带回来的，和我们国内的不一样，我不会用，只好放着叫别人来拷。

他回来后有两次在家里宴请来看望他的朋友，都叫上我，我从他那里学到了做盐水鸭和冰糖蹄子的方法，今年过年前我去看望他，他叫我大年三十到他家吃年夜饭，我去了，没想到这竟是最后的晚餐。

安息吧，芮先生，您和应先生在天堂里仍旧是并肩行，而我这个敬仰你们的晚辈，在人世间写下这篇短文祭奠您！我相信你们一定会读到的。

论中国人的富不过三代

冰心孙子刷墓碑，说她“教子无方，枉为人表。”据说是为了叫离婚的父亲回来和母亲复婚，利用冰心的名气，引起媒体注意。然而，许多人认为孙子不肖，我对此事进行分析。

冰心19岁暴得大名，年纪很轻就赴美留学，加上长得不错，因此追求者众多，如江泽民的老师顾毓琇就是一个，然而，冰心选择了不温不火，和她不在同一个城市读书的吴文藻，23岁在燕京大学结婚。冰心和司徒雷登是好友，在燕京教书，而吴文藻原来是清华出身，结婚后就随冰心到了燕大。冰心一辈子刚愎自用，不太近人情，如嫉妒林徽因写了《太太的客厅》，吴文藻一辈子听她的，加上吴后来当右派，因此，我想她家里阴盛阳衰。冰心的儿子可能从小就受影响，因此，他第一次婚姻住的是女方单位分的房子，他可能找了个母亲的替代，到了六十岁看到一个20几岁的女人才想起找到当男人的感觉，（这是很多中国男人的共同处）因此弃家走了，这是不会回来的，而原配却不理解，加上孙子也不理解父亲，自己又没工作，就想靠奶奶来叫回父亲。冰心一生极其看重名誉，特别是对男女关系，她见铁凝出名早，人又漂亮，就叫她不要找，要等。可见用心良苦。中国人讲富不过三代——第一代打拼，第二代享福，第三代不知世故，也许这就是报应。

龙眼花飘香的日子

校庆刚过半个多月，从大南校门到国光一路边一长排的龙眼树都开出米黄色的小花，我每天早上去国光一（17）号出版社的“作者之家”上班，空气中飘着的都是龙眼花的香气，淡淡的，有点青涩，仿佛是豆蔻年华的少女的气息。

去年11月，出版社在厦大校园内有了自己的窗口——国光一（17）号的“作者之家”，这样，年迈的教师就可以免去一些路途的辛劳把稿件交到这里，再由我转交。我每天早上从西村家里出来，途经南普陀，看着山岚萦绕着的五老峰，一直进到办公室内，还能听到和尚诵经的声音。而我们出版社的这个庭院一楼，原来是演武社区居委会所在地，庭院里铺上了水泥，只有右墙角种着棵半人高的七里香。红砖墙对面的大南门口，有棵紫红的三角梅开得正闹，和我们庭院里的四个大红灯笼交相辉映，是这条石板路的点睛之笔。

应当感谢校主陈嘉庚先生的远见，在解放后第一批的教工宿舍——国光楼前都种上了龙眼树，这些龙眼树比我的年纪大多了，年少时我到住在这里的同学家玩，有时还能尝到它们的果实。如今，年到半百的我，竟然到这里来上班，不禁想起“流光容易把人抛，红了樱桃，绿了芭蕉”的词句。

进入“作者之家”，迎面的墙上挂着出版社社长蒋东明先生手书的大字“群贤毕至”，下面小字写着“愿好书常有，益友常来”。是啊，厦大出版社的口号是——蕴大学精神，铸学术精品，作为出版社的一个窗口，我们殷切希望老师们能够把自己的心血的结晶奉献给我们。而我的隔壁（19）号，是出版社的高校图书代办站，老师们的大作经过出版社之手，最后由这里出发，发到学生们的手中。

在我看来，龙眼就像学子们梦想和希望的眼睛。今年的龙眼花开得非常茂盛，预示着我们出版社生意兴隆啊。

我愿做太阳的孩子

在人生的旅途上，我行色匆匆。我还来不及好好欣赏途中的景色,猛然发现,我已走了一半的路程——我已人到中年了。

回首往事，我应当感恩。我过得平平淡淡，事业上没有什么大的成就，生活上也没有太大的起落。虽然没有结婚，但一个人生活能够充分享受自由，不必仰人鼻息，因此也没有负担。无聊时听听音乐，寂寞时写写文章，有一份自己喜爱的工作，不必为温饱担心，有一套自己的房子，可以遮风挡雨。我当知足了。

我从小爱读书但讨厌考试。这个特点使我在职场拼搏时总是处于弱势。几次职称考试我都名落孙山，于是决定不再考了。也许这是我采取的鸵鸟政策，但生活中有多少东西比职称考试重要啊，比如健康，比如开心，比如快乐。我愿意沉溺于自己喜爱的书本，写自己的文章，而不是为应付考试去背考过即忘的书，写违自己心意的文章。感谢生活给我的平安和幸福，使我天天能够坐在书桌前，点一盏灯，一盏心灯，照亮自己的同时也照亮他人。

我在33岁时生了大病，正是这个病使我开始反省和思考人生。英国有位女作家说：“健康就是一种去生活的力量。”对我来说，就是去爱。看过杰克伦敦的《热爱生命》，我想人最大的敌人应当不是那条狼，而是自己。人只有战胜自我才能获得幸福。“假如你热爱生活，太阳将为你高照。”我愿做太阳的孩子，去帮助别人，传播光明。

满纸自怜题素怨

“满纸自怜题素怨，片言谁解诉秋心？”这是《红楼梦》里林黛玉咏菊的诗句，我认为它是我写下的文学作品的写照。

从1988年发表作品算起，迄今已有25年了。我从26岁的女青年变成了50岁的中年人。留在纸上的斑斑点点，几行陈迹，在旁人看来一钱不值，对我来说却是心灵的记录，她们是我的孩子，是我年老时候的慰藉，因此，我格外珍惜。

我年轻时痴迷小说，钟情于短篇小说的写作。我认为短篇小说能够“纳须弥于芥子”，因此写得认真。其实中文最适合写短篇小说和诗歌，它的优雅和象征性以及暗示性，特别适用于这两个体裁，因此，我对它们可以说是付出了自己最大的努力。我没有多少文学天赋，靠的是用功和勤奋。我的“文气”短，因而从未想过写长篇。我是独女，又是宅女，认识社会很有限，认识的人更有限，如今成了剩女，“守着窗儿，独自怎生的黑?”我没有李清照早年的幸福，却有她晚年的凄凉。

英国作家V.S.普里切特说短篇小说就是“路过时眼角所瞥到的。”我近视眼，年轻时却不戴眼镜，因此看人常看不清楚，眼角瞥到的就难免模糊，以至于我的小说常没有详细的描写，只是粗线条的勾勒。有骨头，肉太少。

我希望80后的独生子女们能有人喜欢我的文字，“解语何妨片语时”，不因为文采，就因为我的这份真。

我看丁玲和张爱玲

丁玲和张爱玲，是现代文学史上最杰出的两个女作家，我不谈她们的政治倾向，只从女性的角度来看她们的人生。

丁玲是20年代后期成长起来的作家，受过五四新文学的洗礼，从小和母亲相依为命，没有父爱。她的成名作《梦珂》、《莎菲女士日记》充满小资情调，是从封建大家庭里叛逆出来的女青年很年轻的心声，充满浪漫情怀，充满理想和激情。正是这个特点使丁玲走上了革命道路，从她的一生来看，丁玲的心理年龄都很年轻。丁玲经历过三个男人，留下一儿一女，在后半生到北大荒喂鸡后她的丈夫——小她14岁的陈明也跟着她受苦，平反后两人仍相爱如初，丁玲临死前还希望陈明找个老伴，并叫陈明吻她，因此，丁玲是不幸的，但有陈明的爱，她又是幸福的。

张爱玲是在上海孤岛时期成名的，成名时才20岁，却有50岁人的心态。她的小说主要还是用旧式小说笔法，她的文章是那么苍凉，尤其是《金锁记》，像苍老女人的心，是沧桑的古画，美极却没有希望。她的一生没有真爱她的人，却有爱她作品的人，胡兰成就是。张爱玲怀上了胡的孩子但还是去流掉了，这说明张爱玲对人生很悲观，看得很透。她后来去美国嫁给大她30岁的赖雅，后半辈子照顾瘫痪的丈夫，最后孤苦伶仃地死去，从结局来看，她是不幸的。

张爱玲和丁玲的文化格调不同，品位不同，但都是优秀的女作家，她们的人生道路迥异，但都是悲剧，两人的文章都是不朽的。

我读虹影及其他

我在复旦中文系读作家班时，有幸和虹影同学同宿舍了半个多月，这使我在她成名后阅读了她的许多长篇小说，本文是一些感想。

林语堂在谈英国作家劳伦斯的作品与我国《金瓶梅》的差异时说：“《金瓶梅》以淫为淫，劳伦斯不以淫为淫。”“《金瓶梅》是客观的写法，劳伦斯是主观的写法。《金瓶梅》描写性交只当性交，劳伦斯描写性交却是另一回事，把人的心灵全解剖了。这在于他灵与肉复合为一。故他全书的结构就以这一点意义为主，而性交之描写遂成为全书艺术之重点，虽然没有像《金瓶梅》之普遍，只有五六处，但是前后脉络都贯穿包括其中，因此而饱含意义，而且写来比《金瓶梅》细腻透彻。”这段话我认为也适用于虹影，我认为虹影是女劳伦斯，她小说中的性爱描写总是激情澎湃，想像丰富，像交响诗般优美，虹影自己说她的性描写是艺术而不是色情，我认为是中肯的，这是虹影成功的地方，也是她高明于其他女性文学作家如赵凝、海男之处。虹影的《K》（又名《英国情人》）、《上海王》的性描写尤为出色，她写出了女人的性要求性享乐，这在以男性为中心的男权至上的中国不啻于是引爆了一颗核弹，因而引起众多非议，故而被南方某媒体评为某年度最有争议的作家。幸好那时她在英国。

我认为虹影的小说从故事性看是属于通俗文学的，她认为好小说就是“好故事，说得妙”，我觉得她描述故事的才能（即说的才能）高于她编故事的才能，她的《阿难》、《孔雀的叫喊》、《绿袖子》、《上海魔术师》等故事不大符合生活逻辑，因此影响了这些作品的销路。

我认为虹影能够成为世界著名女作家是因为她的海外身份。国外对当代中国文学的了解和翻译是有限的。她的作品不如王安忆、铁凝、迟子建、方方等女作家，在国内只能属二流的。由于她童年和少女时代的经历，使得有人认为她像法国的杜拉斯，但我认为她的作品不及杜拉斯那么创新，人也比杜拉斯世俗。她经历的几个男人都是才华出众、相貌英俊的名人，而且都是性爱高手吧。因此我觉得她有点像法国19世纪的女作家乔·治桑，但不像乔·治桑那么善良和富有同情心。她可以说是工业文明的派生物，不像乔·治桑处于农业文明向工业文明的转型期。

我看电影《白鹿原》的改编

电影《白鹿原》将小说原著的主人公白嘉轩变成了野女人田小娥，这个主要角色的改变意味着影响中国几千年的儒家文化的终结，未来的中国文化，将是田小娥们来领风骚了！这不是危言耸听，而是地道的现实。

中国明以后的小说，其实都是情色小说，因色而生情。中国以前女人识字的不多，不像西方那样会有柏拉图式的精神恋爱，男女讲究学问情趣和谐。中国的女人，势利如苏秦的嫂子，因为苏秦没有收入，对他就白眼相看，这是因为她不能到社会上自立，要靠男人养。而明小说的因色生情，很重要的一个现象是白面书生（即才子）很多对女人始乱终弃，如《杜十娘怒沉百宝箱》里的男人李甲，倒是底层市民对女人好，如《卖油郎独占花魁》的卖油郎，这体现了传统文化对知识分子的轻视，也表明了中国文化的浮躁和投机取巧。本来中国的知识分子就是老九，（八娼、九儒、十丐）文革多加了个“臭”字而已。像叔本华、尼采、康德、克尔凯郭尔这样的倒霉蛋，中国是断不会出的。就是马克思，也只能出在德国。法国莫泊桑的短篇小说《项链》，我们长期嘲笑女主人公的虚荣心，然而，一个年轻美丽的女人为了还借来不慎丢失的项链，辛辛苦苦作了十年底层女佣，能够出这样诚信的女人的民族绝不平庸。法国女人被世界公认为最美丽的，我想绝不仅仅在色上，一定有许多色以外的东西。

当今中国女大学生人数已经高出男生，这意味着女人将在中国文化界领一代风骚。我认为这没啥不好。日本古代文化，都是女人执大旗，如平假名的产生和使用，如《源氏物语》的作者紫式部，如万叶时期的女诗人。中国应当有新的李清照。问题是中国的女人在文化上领了风骚之后要能够过得幸福，不要产生众多的怨妇，单身剩女，而中国的男人有钱有权的就养小三，仍旧只爱色，不要才。

关于泰国的人妖

泰国以出人妖而闻名于世。然而大多数人不晓得人妖的来历。其实人妖和中国古代的太监一样，都是宫廷文化的产物。只不过太监是把男人阉了后仍保留了男人的身份，而人妖是把男人变性成为女人。

我原以为是贫穷人家的孩子才走这条路。结果人们告诉我：非也！家里出个人妖可是像出个明星似的，不但收入丰厚，许多人家还引以为荣。因为人妖不是每个孩子都能当的，还在孩提时代就要进行选拔，要举止行为有女人味的男孩子，当然长相也要清秀可人。到青春期还要再选，要求声音尖高的，个子也不能太高大。这么过五关斩六将选定后才进行变性手术，乳房是用硅胶填的。这种手术可能会伤害健康，所以人妖一般命不长。

人妖要经过歌舞训练后才可登台表演。只是人们看到的人妖表演能力都很一般。

我认为，不论太监还是人妖都是社会崎型发展的产物，是对人的尊严的践踏，中国的太监没了，泰国的人妖还在，幸耶？不幸耶？

美国社会的义工

在美国有不少义工，现在竞选总统的奥巴马就是义工出身。美国的义工关注的事深入到社会的各个角落。如由于家庭暴力离家出走的母女，如果无处落脚，义工就会帮你联系到收容所。如果你的孩子是先天弱智，义工会帮你联系进行特殊教育，建立特殊档案，到一定年龄会根据特长帮忙安排就业，就业后还会一直跟踪，直到找到满意的工作为止。弱智的孩子越早发现得到特殊教育效果越好，因此义工的帮助作用就很大了。

坐地铁也会看到义工举着牌子问是否需要免费的牛奶、面包等，流浪的人就会举手，义工就会分发，发完后再拿着袋子向人们募捐钱款。

我想这义工做的事真不比雷锋少，而且是自己自愿自觉做的。人们说在美国生活可以感受不到政府的存在，但是，能够感受到义工给予的点点滴滴的帮助。

亚洲历史上第一个小民主国

1777年(乾隆四十二年)6月8日,由华侨罗芳伯在南洋西婆罗洲(加里曼丹西部)创立的兰芳国,是亚洲最早创建的民主共和国,其所实行的兰芳大总制是近代世界最早的共和政体之一,较华盛顿创建美国还早了10年。兰芳国存在了107年,1884年(光绪十年)被荷兰殖民者所灭。

兰芳国创建者罗芳伯原名罗芳柏,1738年(清乾隆三年)出生于广东嘉应州石扇堡一个世代务农的小康之家罗家,有兄弟三人。罗芳伯天资聪颖,好读书,怀大志。当时全国兴文字狱,罗于1772年(乾隆三十七年)秋邀约几个同乡启程抵西婆罗洲坤甸的东万律,在那里与挖掘金矿的华侨矿工一起生活,参加当地天地会组织并当上私塾教师,两年后开始从事黄金买卖。

为了反抗海盗,保护华侨,罗芳伯提出联合自卫的主张,被推为统帅,经过几年努力,罗芳伯成了当地华侨实际领袖,后来,他清剿了黑社会叛乱分子,为苏丹救亡立下大功,从苏丹手里得到了纵衡数百里的肥沃土地,在此基础上,扩展兰芳采金公司,创立了兰芳国,人口11万,实行民主选举,罗芳伯当选为首任兰芳国大唐总长。

(本文摘要自厦门大学《老教授论坛》书中厦大历史系林其泉教授同题文章)

中国人为什么失去自我

中国人从小到大被教导要听话、服从。在家里如此，在学校如此，在社会上也如此。到了20几岁就被要求要结婚生子，婚姻不是出于爱情而是出于完成“社会任务”，现在又自欺欺人地讲所谓“缘分”。人们对好人坏人的评判标准是看他是否中庸，是否符合集团或者家族的利益，苏东坡有句诗叫做“长恨此身非我有”，可谓道尽了中国人做人的悲哀。中国人是那么不尊重个人的感情，如贾宝玉那么爱林黛玉却只能娶宝钗，中国人讲子孙绕膝结果造成人口过剩，许多人找不到工作，而要成名成家又那么难，于是有了儒家道家佛家来压抑个人欲望，这就是中国人为什么在科技文化上要落后于西方的根本原因。

什么时候中国人讲自我了，讲个人自由意志了，讲人权了，什么时候中国就会变成创新型国家。中国有13亿人口，如果能发挥每个人的创造性，那对中国实在是个福音。

从老家的厕所想到的

本以为老家只是籍贯上填写的抽象的汉字:浙江省新昌县，没想到居然还回了两次。一次是我在复旦读作家班时的暑假，一次是2001年春节。

小时候听父亲说起新昌的茅洋老家，我总是故意说成茅坑，还说自己是茅坑里爬出来的，逗得众人发笑。新昌是越剧的故乡，李白的《梦游天姥吟留别》一诗里提到的天姥山就在新昌。可见我老家是藏在大山里的。

给我印象最深的是老家的厕所。它位于一个四合院的入口处左侧，院里住着两户人家，没有墙，四周也没有遮挡的东西，如厕的东西是个木箱子，高出地面约一米，上面有两个大洞。我看过日本著名作家川端康成的短篇小说《厕中成佛》，讲的是日本岚山著名风景区的两户农民竞相修建高档的厕所，其中一个为了给自己家里新建的厕所提高租用率，竟然自己在厕所里一直占着，最后憋死在厕所里成佛的故事。老家的厕所是不能成佛的，但在上面的感觉是人不如鼠。据说家家如此。

于是我想到我们的古老文化。在一个厕所没有围墙的地方讲节烈贞操，讲存天理灭人欲，这实在有悖于人性了，而我们居然还讲了一千多年。

老家早已有了电灯电视电话，但老家的厕所仍然没有墙。我认为老家堪称是穷山恶水贤妇良民的典范。

我看中国历史的治世和乱世

有人说孔子是治国的医生，我觉得不尽然。中国有史以来治世少而乱世多。就以汉唐两代来看，遵老子的无为而治的时代多是治世，遵儒家的时候就乱了。中国历史上一个外戚干政，一个太监弄权，这两个问题一直是历代的祸患。我觉得这两个问题的出现暴露了我国历史上的政治体制的弊端和儒家思想的弊端，反映出人性本恶。并且从中可以看出我们民族是最缺乏政治想象力的民族，整个国家机器的运转和兽类中的大猩猩还很近似。所以毛泽东说“人猿相揖别，只几个石头磨过”。

我看西方的政治文明

西方文化有两个源头，一个是古希腊文明，一个是希伯来文明。古希腊故事里的诸神和我们的神就完全不同，他们的神具有人性的种种缺点，好嫉妒，风流成性，而且不懂得克制自己。古希伯来文明的代表作《圣经》则认为人有原罪，因此我认为，西方的政治文化是建立在人性本恶的基础上的。孟德斯鸠认为，绝对的权力导致绝对腐败。西方人讲三权分立，成立反对党，搞新闻自由，都是为了起相互监督的作用。

儒家文化讲人性本善。《论语》叫人要做君子，做君子的目的是为了做合格的官员。然而中国人为了皇位可以父子相残、兄弟相杀，可见人性并非本善。中国历代的农民起义说明君君、臣臣、父父、子子的三纲五常的行不通。

保姆仁翠

我父亲去世前八个月，我雇了第二个保姆仁翠。

仁翠是在医院里打杂的阿秀介绍来的，和阿秀是亲戚。仁翠小我一岁，四川乐山来的，头一次出来打工，丈夫在当建筑工人。仁翠比我矮些，长得还可以，只是看上去很苍老，眼角鱼尾很深很多。我每月给她400元，吃住在我家，跟她说好不能到外面打工，每天要陪我父亲散步。

仁翠来时不会煮海鲜。我就教她怎么炒鱿鱼，怎么煎带鱼。她煮菜时拿张凳子坐在炉前，我问她怎么了，她说腰疼。原来37岁的她流过6次产，我想可能伤了身子。

仁翠在家里有个读小学5年级的儿子，有时会写信来。一天，她儿子说和奶奶吵架了，要和爷爷奶奶分开吃饭，自己烧火，叫仁翠寄钱给他。仁翠跟我说她婆婆脾气很不好，跟人很不好相处。

仁翠空闲时喜欢织毛衣，陪我父亲出门散步时手里还拿着毛衣在织，我讲了后她改正了。我拿出母亲收藏的毛线送她，她帮我勾了件小外套，还帮我的一个朋友织了件毛衣。我每个礼拜六放她一天假，让她到建筑工地和丈夫团聚。

我父亲得了慢性支气管哮喘，这时已经很严重了。到了夏天，他成天躺在床上不会吃饭了。我把自己的一份牛奶和单位发的饮料给他吃。还好，到了秋天他能起床了，还能吃很多饭，我以为他病好些了。

仁翠读过小学，每天买菜会写下菜单，尽管有很多别字，但我很满意了。我见家里的厨房太脏太旧了，就和仁翠一起整理好东西，把煤气炉搬到阳台上，请装修工来装修。装修好后仁翠说干脆连屋了一块装修吧，我觉得有道理，就到附近租了套房子，把家搬了过去。

房子装修了一半，一天下午，仁翠跑来正在装修的老屋叫我："你父亲晕倒在厕所里，死了。"我一听不好，连忙跑到租来的房子里，一看，父亲倒在厕所里，还在喘气，就叫隔壁邻居我认识的一个小伙子帮忙把他抬到床上，我跑到医院去叫救护车。

救护车来了后西村的扫地工帮我用担架从三楼抬到了救护车里。到了医院后检查发现父亲的脚有点肿了。

父亲住院时大小便要我和仁翠帮忙了，仁翠觉得自己是女的，不方便，就自作主张叫隔壁病房的一个男看护帮我请个男看护，我不高兴，就把她辞了，请了个临时男看护。

辞她的话一讲她就走了，过了两小时她和丈夫一起来找我，说要给半个月工资。我给了她三百块钱，她不想走，后来又偷偷把钱还我。但人没有出现。

几天后，我父亲就去世了。我就没有再请保姆了。

保姆黄丽华

黄丽华五十多岁，中等个子，长得还算端正，一双细长凹陷的眼睛透着狡猾和精明。她原来是厦大老校长王亚南太太的保姆，在厦大伺候王太太十几年了，王太太去世不久，听说我家要顾保姆，就来到我家，那是1995年的9月。

我在这年的5~7月住了医院，出院后就想找个人照顾年迈病重的父亲和我。我每月给黄丽华的工资是250元，吃住在我家，空闲时可以到外面打零工。

自从丽华来后，我家的饭桌上多了个人，饭菜变香了。丽华每天和我们吃一样的早餐，有一袋牛奶，一个鸡蛋。邻居另外一个保姆见了很妒忌，说哪有保姆吃牛奶的。我心想保姆也是人啊。

丽华来我家前给一个康老师打扫卫生兼洗衣服，每月200元，来我家后仍做着。她跟我说起厦大很多老师的家事，特别是王太太的事。她说王太太晚年得了老年性精神病，会把东西扔出窗外，会吃雪花膏甚至自己的大便，晚上不睡觉，用镇纸敲门不让她睡，她现在睡眠不好就是那时闹的。

一天下午，我回家发现厨房满是浓烟，丽华在她屋里和一个被称是王太太儿子的外甥在说话，炉子上的油锅着火了，火把抽油烟机上的灯都烧变形了。我忙说着火了，忙关了煤气炉。丽华出来看了，送走了那外甥，来擦洗，边擦边说自己的命太苦。

丽华来我家后吃胖了，脸上的皱纹少了许多，很光滑了。她说康老师的丈夫有个朋友，在厦大读MBA，快毕业了，年龄和我相仿，还没有女友，要介绍我认识，我答应了。

丽华陪我去康老师家见面，我见面后觉得不满意，就回来了。丽华因此唠叨了好几天。

丽华是在厦门的大生里长大的，父亲是水手，在她三岁时遇海难去世了。她母亲带着她兄妹三人守寡。丽华初中没有毕业，但懂些字，她说她原来在厦门橡胶厂当工人，因为媒人说同安这家人家有华侨，她就嫁到了同安马巷，结果夫家是农民，不识字，华侨是很远的亲戚，结婚二十年只给过他家一块布料。

丽华的哥哥在邮电局工作，给丽华找了个在厦大邮局打扫卫生的活，丽华每天去扫地，也能挣点钱。她跟我说有天她捡到一个钱包，后来失主找她要，她就还给了她。这活没干多久，邮局就不雇她了。

丽华说她出来这么多年，丈夫有相好的，和她没啥感情。她是顾家的人，有时会买些便宜的非洲鲫鱼托她女儿带回家给老公。丽华生了一男一女，女的小我一岁，嫁给同安的农民，生了两个女儿，大女儿都读初中了，儿子28岁了，还没有结婚，也是农民。她女儿的丈夫会赌博，常把她女儿挣的钱拿去赌掉。

她女儿常拿些同安的马蹄酥来叫丽华卖，丽华每天下午就在我家西村门口站一个下午卖马蹄酥。她在同安的家盖了座房子，也装修了。

丽华在我家只煮三餐饭，半个月擦一次地板，洗衣服。桌上的灰很厚了要我叫她她才擦。她是个“包打听”，会打听到很多厦大的小道消息。一天，她和我说凌峰楼一家余教授要雇她，每月给她500元。她去见工了，我以为她会走，没想到她女儿说那里太高太偏僻，不够安全，叫她别去，她就不去了。

丽华的女儿、女婿、外孙女都会到我家来，有时还会在我家过夜，把我家当成了她的客栈和据点，根本不顾我的感受。她过年时请假回家二十天，大扫除和年夜饭都要我自己做，心思根本不在我家，和我父亲也处不大好，我想起母亲说的“请别人哭鼻子没有眼泪”，因此，在她做满一年后不再雇她。

女房客

1

我的第一个女房客是个高中刚毕业的女孩，叫杨敬畏，父母是基督徒，和我的一个同事是朋友。杨敬畏高中毕业不考大学，想到澳洲投靠叔叔，来厦大补习英语想考雅思，因此，她父母带她来我家，交了两个月的房租500元。

敬畏不吃我的伙食，每天吃麦当劳。她白天上课，晚上看电视，帮我搜索出好几个电视台。我和她一起看《情深深雨濛濛》，问她高中同学有谈恋爱的吗，她说有一两个。有时，她的男同学会和她通电话，我才晓得现在男女生不像我们过去了。

敬畏住了不到两个月，我生病住院了，她就搬走了。

我的第二个房客叫吴剑琴，原来在悦华接电话的，辞职了，一时找不到住处，我办公室同事和她是中学同学，10几年的朋友，就介绍到我家来。

剑琴当过10年小学教师，晋江人，父母都是中学英语老师。她很好学上进，参加英语自学考试，拿到了大专文凭，在继续读本科，每周三个晚上去读日语。她刚来时没有工作，就和我一起吃饭，我每天下班回家都能吃到她做的饭菜。她的烹饪技术不错。一天她说过生日，我买了个生日蛋糕给她，请我同事一起来过，她很感动。

我托我的堂哥帮她找工作，不久，大华要一个英文秘书，剑琴的条件正好符合，就去上班了。上班后，她就和我分开来吃饭了。

剑琴去上班后会讲些她的上司的事给我听。她说她的上司是50几岁退休的女公务员，白字先生，会把逛街说成狂街。尽管如此，她很好命，在厦门有好几套房子。

剑琴跟我说她三十岁了还是处女，没有谈过恋爱。并说如果我是男的就嫁给我。她见我堂哥的儿子没有女友，就把她在晋江的一个女友介绍给他，可惜那女友没看上我的堂侄。我7月份到桂林旅游，她叫那女的来我家住了几天。

一天早上，剑琴起床后见房门大开，几个抽屉开着，东西被翻过，就说不好，家里进了小偷。一查点，她的手机和200元现金及我的大约100元钱被盗，就到派出所报案。

11月的一个礼拜五晚上，我出门宴请复旦中文系的杨竞人老师，回来后见屋里还没有灯，已经8点了，剑琴还没有回来。我打开房门，发现窗帘紧闭，东西被翻得乱七八糟，连棉絮都被翻了出来，知道不好，窃贼入室过，我的价值2万元的金首饰连同1000元现金不翼而飞了。

第二天，剑琴父亲从晋江打电话安慰我。不久，剑琴就搬走了。

2

2000年我父亲去世后我一直一个人生活，一个人住四间房。装修后的房子焕然一新，只是一个人生活，连个说话的人都没有，很是凄凉。于是，有人介绍女孩子来和我住，我收点房租。我先后有过四个女房客，后两个是女大学生。

第一个女大学生叫晓航，2004年来住的，物理系大二的，来自吉林长春。晓航的父亲在税务局当官，母亲出身军人家庭。晓航中等个子，戴眼镜，长得一般，很有礼貌。一来就交了两个月的房租700元。那时是暑假，厦大在装修女生宿舍，我单位的女副社长带她来我家，把她介绍给我。

晓航有个笔记本电脑，天天上网打牌。在她的建议下，我的电脑连上了宽带，她还教我用电脑，是个不错的女伴。只是她和几个男生来往，有两个男生来我家找她，有个几乎天天来。我没有过问她的事。她有时和我一起吃饭，我见她爱吃煎带鱼，就买了几回煎给她吃，我和她处得不错，因此，她走后介绍一个外文系女生高峰来住，我爽快地答应了。

高峰是常来找晓航的男生帮忙搬来的。此后那男生天天来找她。高峰没有交房租，我也不好意思向她要。她说她退学了，想到德国去留学，她的父母是离婚的，她从小和母亲生活，她的母亲有11个兄妹，毕业于一所农学院，她去德国的钱由母亲出。

高峰不常在我家住，有时不知住哪。有天她说她的男友从泉州来，要住我家，我说不行，但她带来一个男人住到她的房间里，在我家过夜。第二天中午，那男人和高峰请我到厦大一条街吃水煮活鱼，我问那男人是干什么的，他说他是警察，厦大法律系毕业的，我就没有再问。

高峰很会交际，带了几个男女学生来我家泡茶，她拿出她的一包茶叶，用我的茶具泡。边泡边说这是“关公巡城”、这是“韩信点兵”。为首的一个男生据称是厦大研究生会主席，叫渊博。渊博是个好战分子，说中国5年内要和台湾打一仗，20年内要和日本打一仗。叫嚣战争富国。

一天，天天来找高峰的那男友来把高峰的东西拿走了，但钥匙没有还我，还有张席子没拿走，我以为她还会来住，但一直没有来。我叫晓航问到了她的电话，原来她回广州了。此后我就没有再见到她。

晓航毕业后去了深圳，行前她来看我，送我一套茶具，连同一些苹果。

关于爱因斯坦的一些话题

爱因斯坦认为："想像力比知识更重要。"他相信直觉和灵感。"相信世界在本质上是有秩序的和可认识的这一信念，是一切科学工作的基础。这种信念是建筑在宗教感情上的。"他在《科学的宗教精神》一文中说："他的宗教感情所采取的形式是对自然规律的和谐所感到的狂喜的惊奇，因为这种和谐显示出这样一种高超的理性，同它相比，人类一切有系统的思想和行动都是它的一种微不足道的反映。"爱因斯坦还认为："每一个自然科学工作者都应当具有特殊的宗教感情，因为他不能表达他所了解的而且正好是由他首先想出来的那些相互关系。他觉得自己是个孩子，要由成年人中某个人来领导。"

爱因斯坦从小学、中学到大学里的考试成绩并不出众。他直到25岁还一直在思考："我是谁？我去哪里？时间是什么？空间是什么？"的问题，要是在中国，他可能会找不到工作并被认为是疯子。

犹太民族向世界贡献了爱因斯坦、马克思、弗罗伊德。我认为和他们的信仰有关。

李白与李清照

中国自古以文取仕，文人是社会贤达，（不像现在是“社会闲杂”。）因此，像大诗人李白因为有才而又有政治抱负就娶了宰相的女儿，他一生结过四次婚，有的老婆很有钱，然而，并没有人说李白是吃软饭的，就像法国的卢梭，靠大他十几岁的华伦夫人养着，并没有人说他不道德。才华需要人了解，需要人同情，更需要人赏识，特别是来自异性的赏识，这是人的本能，也是使才智得到更好的发挥的动力。少年时就有文名的李清照嫁给了宰相的儿子赵明诚，因为赵明诚早就佩服李清照的文才。然而李白的妻子我想大约并不幸福，因为李白成天喝酒，官也当不了。而李清照的丈夫赵明诚和她感情虽好但赵却不会生育，而且在中年时李清照就守了寡，后来虽然又再嫁了，但男的人品不好，看中的是她的收藏，因此她很快离了，于是晚年凄凉，才写下那么凄凄惨惨戚戚的词句。

有人说教育的目的是教人追求幸福。然而，能够得到幸福的人并不多。“自古才命两相妨”这是李义山的诗。从陶渊明到苏东坡，从李白到李清照，才华是盖世了，却过得凄惨无比。

联网和微博，天就亮啦。

互联网和微博的出现，对中国从古迄今的金字塔状社会政治结构是巨大挑战和冲击。孔子说："防民之口甚于防川。"又说："民可使由之不可使知之。"如今微博一下就曝光，到处都是江河泛滥，政府和宣传部门的职能势必要转变，加上公民知识水平的提高，对官员的道德水准将提出更高要求。因此，政治体制改革将成为必然，民主化进程将大大加快。

孤独的西方人和爱热闹的中国人

西方人18岁离开父母独立生活，自由恋爱，爱情重于婚姻，搞得许多很伟大和优秀的男女终生孤独，没有结婚。如哲学家康德、齐克果、尼采、叔本华，化学家诺贝尔，音乐家贝多芬，文学家福楼拜、莫泊桑、卡夫卡、惠特曼、勃朗特三姐妹、奥斯汀等等，在中国人看来，这些人真傻。

中国人讲“不孝有三，无后为大”，早早结婚，以前是父母之命媒妁之言，个人的爱情是没有地位被人耻笑的，婚后三代同堂其乐融融，热闹得很。于是才讲忠孝节义，礼义廉耻。而西方则讲自由平等博爱，因为他们从小就尊重个人，尊重“我”的思想。

社会存在决定社会意识。西方现代派之所以写人的精神空虚是因为他们活得太孤独。家庭是社会的细胞，那么多的西方人没有家是西方文化的一种悲哀。而中国当代文学很多是写对衣食住行的欲求，写家族故事，但就触及灵魂的深度而言，我们不如西方。也许孤独会更有利于人的思考。

闽、蛇、男根及其他

福建的简称闽字是门内有条虫，这条虫是蛇。闽人的图腾是蛇。福建气候潮湿，古代多蛇，而蛇有很强的繁殖能力，又像男根，因而被作为图腾，在武夷山更是如此。《圣经》里蛇诱惑了夏娃吃了智慧树上的果子，这里的蛇也是男根的象征。基督教是诅咒蛇的，因而是禁欲的，中世纪的修道院就是证明。

世界上的文学归根到底写的都是爱和死。灰姑娘最后嫁给了王子，于连为改变自己的地位而奋斗，《红楼梦》里那块“无才可去补苍天，枉入红尘若许年”的石头的故事，讲的都是男女之爱。中国古代婚姻讲父母之命媒妁之言，这使得我们的小说缺乏想象力和哲理深度。中国明以后的小说，写爱情的都是情色小说，先有色，因色生情，不像西方文学有很多柏拉图式恋爱，因为中国那时妇女识字不多，在学问情趣上不像西方妇女可以和男子有精神上的平等交流，可以互相欣合。更值得注意的是，明小说中白面书生多是负心汉，是负情的人，如《杜十娘怒沉百宝箱》中的男人，倒是一般的底层百姓对女人重情，如《卖油郎独占花魁》，我认为这个特点体现了中国普通知识分子的酸葡萄心理，而女人因为经济不能独立，靠色来吸引男人，始乱终弃，或许是当时的普遍现象。

中国人是龙的传人，据闻一多的研究，龙就是从蛇演变而来的。中国人崇拜生育，讲“不孝有三，无后为大”，婚姻的目的是为了“续香火”，而不是为了琴瑟相和。陆游娶的是自己的表妹并且和她深深相爱，可是，他的母亲却见不得这种好，硬是逼陆游休了自己的这个侄女加媳妇，以至于陆游一辈子不幸福，唐婉也早早地发出“世情薄，人情恶”的慨叹抑郁而终。中国人讲孝悌，讲血缘，这使得没有血缘的男女之爱更讲功利。《红楼梦》讲的是无情的世界要用情来补，鲁迅则写尽了中国人的无情和麻木。

基督教虽然诅咒蛇但是讲博爱。《圣经》对爱的解释是：“爱是恒久忍耐，又有恩慈；爱是不嫉妒，爱是不自夸，不张狂，不作害羞的事，不求自己的益处，不轻易发怒，不计算人的恶，不喜欢不义，只喜欢真理；凡事包容，凡事相信，凡事盼望，凡事忍耐。爱是永不止息。”在当今有欲无情的中国社会，很有必要让每一个人读一下这段话。

今年正好是蛇年。蛇的一生是要蜕几次皮的。但愿我们的国家在改革的过程中能够顺利蜕皮，成为一个能够不断进取的国家。

就中国当代长篇小说和外国文学的差异谈谈我的看法

一、宏大叙事一直是中国当代小说的特色

中国当代长篇小说继承了中国传统说书文学的写法，叙事很多，时间跨度长，场面波澜壮阔，读罢全篇会对时代、事件、主要人物留下很深印象，然而这些离普通每一个小百姓的生活很遥远，因此，全都像是做戏。不论是二月河、贾平凹、阿来等是如此，女作家赵玫、王小鹰、铁凝、方方也是如此。而外国文学却是写每个小人物的奋斗、挣扎、写人性中很微妙的情感，让人读后对自己对他人有了更好的理解和宽容，也许这是因为中国当代社会变迁过于激烈，作家看到了时代对人的影响，还来不及咀嚼和回味许多人性自身的因素，但是，中国传统文化不尊重每一个个体生命特征，不尊重人的心理刻画这一特点显然影响了我们的文学。这使得我们一下子全都时髦官场小说，一下子都是拆迁、权钱、权色交易，很雷同化，不论是谋篇布局还是主题，都少创新。

二、中国小说叙述方法比较旧，特别是细节描写，看后没有能给人留下深刻印象的东西。总是离不开情色，或者美食，好像中国全是商人或者挥金如土的败家子，就是爱情，写得也很假很虚幻，没有能够打动人心的东西，看后让人多了心机而且认为人间没有爱情。这就表现出作家美学品味不高。

三、中国小说最大差距在人生哲学的昭示上。卡夫卡之所以伟大，就在这里，中国作家写得太浅，就是史铁生，也不如同是瘫痪的美国女作家麦卡勒斯。

四、“五四”新文学就是自由主义和个人主义，这和当今世界潮流是一致的。中国文学应该关注每一个普通的小人物，因为每一颗星都有光，每一朵花都有香，没有一个生命，愿悄悄消亡！

浮生六记

装修记

我的家从1983年夏天搬到新西村后就一直住在这里。新家有我的一个房间，既当书房又当卧室，为此，我兴奋得一夜无眠。伍尔芙有本《一间自己的房间》，我认为说得很对，想当作家首先得有一间自己的房间。我给自己的房间起名为“休言斋”，源于秋瑾的诗“休言女子非英物，夜夜龙泉壁上鸣”。在墙上，我还贴了自己的书法作品。

这一住就是22年。我在1999年11月底到2000年2月初，对房子进行过一次装修。

老房子原来的厕所是蹲式的，母亲年迈多病，蹲不了，父亲打了报告请校基建科的人来换坐式的，我拿着父亲的报告去找管基建的副校长，副校长说父亲是副教授，要改坐式的要自己出钱，我说可以，就批了。

只是来安装的人给我家安了个不能抽水的人家用过的旧马桶，凑合着用了10年，连马桶盖也掉下来了，我想实在不能用了。再看看厨房，一面墙也熏黑了，虽然曾经刷过一次灰水，那刷过的地方现在脱起皮来，实在难看。我想还是把厨房和厕所装修了吧。就和那年初刚雇的保姆一起动手，把碗柜等清空搬到楼下扔了。

接着是请装修工了。我想起以前给家里修水龙头的基建科的小伙子，给他打电话，他介绍来装修工老杨。

老杨40来岁，漳浦人，一副精明干练的样子。他说他有自己的一个装修公司，水电、泥水、木工、粉刷样样包，要我先给1500元。我给钱后他就和另外一个人来敲墙打洞。我自己到大生里附近的一家公司里买了地砖和墙砖。

再接着是刺耳的切割瓷砖的声音。泥水工说老杨只不过是个水电工而已，并没有什么装修公司，他和老杨只不过认识而已，他要独立自己做，而不是通过老杨给工资，我答应了。

忙碌了半个多月，厨房、厕所和阳台都装修完毕。三处的地砖都带着绿色的花纹，我在阳台上欣赏，想起了“台痕上阶绿，草色入帘青。”的句子。再看看房间的水泥地和旧家具，觉得很不协调。保姆说干脆全部装修吧。我想也好。只是得在附近租套空房，安顿好年迈的老父亲，把旧家具搬到那里去。

一打听，隔壁栋就有一套和我家一样大的空房，我忙到基建科交了500元押金。我和保姆把母亲的大多数藏书卖了，父亲和我的书装到了纸箱里，放到阳台上。一张老古董的旧书桌和旧沙发就扔了。搬家的时候单位里的同事来了两三个，连同老杨的两个儿子，很快就搬好了。

我、父亲和保姆住在租来的房子里，三餐到老房子吃。那年春天的时候父亲的身体就不大好，他有很严重的慢性支气管哮喘，春天起就不大会吃饭，成天卧床。到了秋天似乎好些，能吃饭了，我以为没事了。哪想到房子装修到一半时保姆来叫我，说父亲晕倒在厕所的地上。我连忙赶去，叫了邻居一起把父亲抬到床上，一路跑到医院报告，拿了一个小氧气瓶，打的回到家。楼上的一个大妈拿来她备用的氧气袋正给父亲输氧，父亲有点清醒了，医院的担架和救护车也到了，我和保姆一起送父亲住了院。住院时医生说父亲的腿有点肿。

父亲从住院到去世不到20天。单位让我请假在医院里看护，领导和同事也来看望过。父亲在弥留之际叫着我的小名，然而他却没能住上装修后的新房子，我的慈祥而又苦命的父亲。

得知我父亲去世，我的一个文友陈丹特地从福州来看我，我和她在租来的房子里过了一夜，她回去后寄来100元，叫我给新房买件工艺品，就算她送我的。

房子装修快好的时候听说这里要拆迁，我的心顿时凉了一半。在2月初总算全部装修好了，我清点东西时发现放在窗台上纸箱里的一只铜老虎丢了，那是只新买的铜虎，价值150元。旧家具卖的卖送的送，也都处理掉了，我请女友玉梅和我到家俱店买来沙发和放电视的长桌台，我自己又去买了书橱和床。父亲的几箱书我不舍得卖，无偿地送给了厦大图书馆。

住进装修好的焕然一新的家里，我感到格外的孤独、寂寞与空虚。我在这个房子里又独自度过了5年半，直到2005年8月拆迁。拆迁房子前对装修过的房子进行评估，我得了37000元装修赔偿费。而我装修房子用了45000元。

一想到装修的苦我还要再尝一遍，心里有点不寒而栗。

搬家记

记忆中，我搬过7次家。头两次是童年时期随父母下放，搬去搬回。因为年幼，没有多少印象。只觉得家越搬越不像个家了。

第三次是在1976年春，我家从红卫五（即芙蓉五）集体宿舍的单间房搬到大南14号楼305室。那时父亲给部队研制“激光射击训练仪”，说是为了节省射击训练用的炮弹。因此，搬家的时候家里来了几个解放军叔叔，我感到很高兴，觉得在小伙伴面前可以得意一番。

新家有三间房，还有厨房和卫生间，厨卫和房间中隔着一条公共过道。但我们已经很满足了。我们一家五口就在这里住了7年。

1983年夏天是第四次搬家。父亲在1981年后升了副教授，我家分到了套教授房，有79平方，三房一厅加上厨卫，比过去好多了。我们一家人欢欣鼓舞。搬家时物理系派了几个学生来，加上我母亲朋友的一个女儿和我的一个堂侄，动用了厦大的汽车，搬了一整天。中间我父亲买了些面包给搬家的人作点心。我在新房里指挥摆放家具，忙得不亦乐乎。

第五次是2000年装修房子，我在《装修记》里提到了，那是小搬家，没有动用汽车。

第六次就是2005年了。我住的那些教授楼要拆迁了，我只好上网求租两房　厅的位于校内的房子，很顺利地租到了　套，就连忙动手捆书，请搬家公司的人提前一天来拆大件的家具。第二天，我单位来了两个新来不久的同事，还有我的侄儿侄媳，加上搬家公司的4、5个人。搬家公司的人叫我要把书装在纸箱里，幸好我的男同事内行，去附近的小餐厅买了些纸箱把书全都装了进去。大家七手八脚地装了两车，从上午8点忙到下午1点多，总算全都搬完了。搬家公司的人打碎了两块茶起去游了四次，因为我比他的孩子大，技术也高超些，不好意思再玩水，就自己游着，居然自己就会换气了。于是，回到家我就告诉母亲："我已经会游了。"那年的夏天我晒得黑黝黝的，而那时的我已经开始在乎自己的相貌了，因此会游之后我去得少了，技术也就没大长进。

我读高一后恢复了高考，去游得更少了。我一个伙伴的姐姐和她父亲去游泳，溺水死在了游泳池里，因此我不敢一个人去游。有回母亲陪我去，她在岸边看我游，还问她一个同事的儿子我技术如何，我感到很不好意思。

后来，我带侄儿去游过几次，他自己也学会了，但我始终不敢游到深海去，一直没有学会踩水。

去年，厦大王清明游泳馆正式向全校师生开放了，游一次只需五块钱，于是，我又开始游了起来，初次入水，有点恍若隔世的感觉。

因为我现在是一个人去游了。有首诗的题目叫做《一个人去游泳像投河》，我读了很有同感，心里酸楚得很。

养鸡记

三十年前的厦门可以养鸡。在厦大教师公寓楼前都有一排鸡舍，用竹子做的篱笆围着。我家的鸡舍用六块石板垒着，上面盖着木板和塑料布，铺了些黄泥。

我家养了五六只母鸡，其中有一只一身金黄色的羽毛，油光发亮，体形也很好，外婆称之"好母"。每天放学回家，我就当起"鸡司令"，切些高丽菜拌上糠，拿到楼下喂鸡。有时到附近菜地捡些收割后拉下的菜叶。我有时会捡刚刚生下的鸡蛋，在蛋上扎个小洞，吸里面的蛋黄蛋清。吸完后的蛋壳也是宝贝，我在上面画上梅花或山水或人头送人，朋友说我能当艺术家。

鸡瘟来的时候，我和妈妈给鸡灌阿司匹林等药，有些病鸡好了，但留下了后遗症，鸡头歪了。当然也有死掉的。

后来，妈妈又在较远的屋角整了块地，请她同事的女儿初照来垒砖块，又盖了个鸡窝。初照小我三岁，很会做家务而且功课很好，后来到美国留学得了两个博士学位，在那定居了。

一直想写篇《细雨梦回鸡塞远》的小说，但写了个开头就写不下去了。“细雨梦回鸡塞远，小楼吹彻玉笙寒，多少泪珠无限恨，倚栏杆。”

养蚕记

孩提时养过几只蚕。从同学的火柴盒里讨得几粒蚕种，回家后一直是妈妈去采桑叶来养。我很愚钝，至今不识桑树，不辨桑叶。

较大规模的养蚕是在成年后了。那时，我的堂侄上小学了，他拿回了很多蚕种，母亲用洗澡盆来养，并且负责桑叶供应，到了蚕吐丝的时候，我在一把旧绸扇上爬上几只，把整个扇面裹上一层新丝，还用彩笔画了西湖的断桥。我总爱在自己做的小手工上画点东西，或许这就是我的爱美的天性吧。

母亲得糖尿病，听说吃蚕蛹能治，就把结的蚕茧一一剪破，取出蛹。只是我没有看到母亲吃。那些剪破的茧一直留着，直到2000年我装修房子时才扔掉，有一大袋呢。

卖花的小伙子

我家楼下的富万邦市场旁有个卖花的小伙子，我叫他小廖。小廖24岁，中等个子，瘦长脸上长着不少痘痘，三明地区大金湖周围的人，辽宁交通大学毕业。他卖的花价钱公道，有许多适合摆在案头，也有的适合摆在客厅，我因为常找他买，就和他熟悉了。原先他周围有三家卖花的，现在只剩下他一家了，可见他有点聪明。他卖花懂得许多花名，卖给你后还会教你要浇水多少，我买大盆的花他还负责送到家里，因此我很是感激。

他告诉我他是天主教徒，小学初中常和大人上教堂，他和我讲了天主教堂和基督教堂的区别。他家里有四个兄弟姐妹，他是最小的，父亲当过兵，为了生他被单位开除了公职。他的理想就是做生意发财，他做花的生意有四年了，都是去漳州进的花。

找小廖买花的有不少大学生，他的一些小花盆造型别致，是艺术品。我就买过他的一个贝壳造型的花盆。

小廖健谈，对周围的世界充满了好奇心。有年大年初一正好是情人节，他特意从老家赶来卖玫瑰花，结果初一下雨，没有多少生意，因此初三就回去了。今年，小廖当了父亲，他的妻子长得很清秀，戴眼镜，云南大学法律系毕业，已拿到了律师证。当了父亲后，小廖脸上的痘消失了，看他抱着一个多月的孩子在哄，我觉得他成熟了。

“卖花来哟，卖花来哟。花儿好红又香，鲜花美丽又芬芳哟鲜花美丽又芬芳。”这是我少女时代看的朝鲜电影《卖花姑娘》的主题歌，那优美忧伤的旋律曾深深地打动过我，尽管那时街上并没有卖花的人。

但愿小廖一家能够永远热爱生活，也愿他的未来能够像鲜花一样美好。

鲁　壁

2006年10月底11月初，我们游了山东的青岛、济南、曲阜和泰山。其中，曲阜给我留下了深刻的印象。如果说孔庙、孔府、孔林，犹如中华文化长河里的第一乐章，雄浑宏大，气势磅礴，那么孔庙中的鲁壁，则像这个乐章中的一个小号，高亢嘹亮，令人震撼、令人警醒。

鲁壁看上去并不起眼。它矗立在一个不大的院子中，正好挡着孔庙里的内院正门，是一堵普通的墙，上头没有文字，红色的涂料也有些旧了。墙不太高，顶上还有黄色琉璃瓦，两边翘起一些做檐。要不是讲解员讲解，我们不会去注意。讲解员说，秦始皇焚书坑儒的时候，孔家的后人就把书藏在鲁壁里，鲁壁是空心的，孔子的书籍才逃过一劫。

我惊叹于古人的智慧。要是没有鲁壁，我们可能就看不到孔子的书，儒家文化可能就此失传，而不会有后来的发扬光大。

“覆压三百余里，隔离天日。”的阿房宫毁了，而儒家的经典没有毁。以至今天的我们能够在家里听于丹讲《论语》，领略和感受两千多年前先贤的智慧，这一切，不能不归功于鲁壁。鲁壁，是你的存在，昭示了书籍比帝国更长久的真理。好书是禁不掉的，就像纸包不住火。

鲁壁，我真该向你一鞠躬！

我亲爱的外婆啊

外婆叫陈逸仙，和革命先行者孙中山先生同名，和伟大领袖毛主席同年。成年后的我看外婆留下的唯一的一张年轻时的照片，觉得很像日本的电影明星山口百惠，尤其是那目听眉视的神情。

外婆有一双解放脚，就是以前缠过后来放了的脚，大约穿34号的鞋子，脚背肿起很高。我生下后，外婆从福州来照看我，母亲没奶，全靠外婆做面糊喂。那年是困难时期，外婆户口在福州，舅舅寄来的粮票外婆放在衣袋里，去山涧旁洗衣服时被人偷了，外婆好不伤心。

外婆抽水烟。外婆的水烟筒一明一灭，火光照亮了我的童年。外婆右手抱我，左手抄菜，那时的外婆已是快70岁的人了。家里离菜场有一站多的汽车路，外婆带我从半山腰下来，走15分钟的路上车，到厦门港买菜，我三岁时有回衣服上的扣子丢了，外婆在排队时我跑开去找扣子，结果和外婆跑散了，外婆找了我很久才找到。

我两岁的时候，有一回把妈妈的一只玻璃小鸽子拿来玩，那鸽子是透明的，晶莹剔透，我一张口放进嘴里了，结果卡在喉咙里，幸亏外婆发现，用手指夹出，否则我就一命呜呼了。

我的玩具要是一时找不到，外婆就会说：被“鼠鼠母母叼走了”。外婆不识字，小时候上学学过《三字经》，会背“人之初，性本善，性相近，习相远。”听母亲说外婆是长乐渔民的女儿，16岁嫁给外公做续弦。外公大外婆12岁，在长乐县城开了家饼店，自产自销。外婆和外公生的孩子养到5岁时死了，舅舅和妈都是外婆领养的孩子。舅舅11岁时外婆给他娶了个15岁的媳妇，而我母亲却能念书直到大学毕业。外婆和我说起日本鬼子来的时候，家里的人都去避难了，她一人留下看家，白天就拿床棉被爬上屋顶，晚上下来吃点东西，就这样过了一个月。临解放那年，福州城里杀地下党，我外公和舅舅已经迁在福州住了，舅舅是地下党，外公得了肺病，连惊带吓离开了人世。

舅舅在解放那年生下了我大表哥，也就是我外婆的长孙，外婆对他格外疼爱。1973年舅舅病故，临死前三个月，他的“漏网右派”得到了平反，国家每个月给外婆16元抚养费。

从生下我后，外婆一直在我家，下放时也和我们去永安。有时外婆和母亲争吵，外婆就回福州舅舅家呆一阵子。1978年我要高考了，外婆回了舅妈家，听说在永安的大表哥快当爸爸了，外婆特意养了几只鸡。也就在那年的春天，外婆早上洗了自己的被褥，晚饭后舅妈一家出门了，外婆晕倒在一楼的地上，等小表哥回家发现，送到医院时瞳孔已经放大了。

表哥给我妈发了电报，说外婆病重，下午的电报说外婆去了。妈去福州奔丧，没有带我去。听表哥说外婆的坟在长乐，和外公葬在一起，但我从未去过长乐，也从没给外婆上过坟。

外婆，我亲爱的外婆啊，我从未报答过你的养育之恩！

在文学的舞台上

“在文学的舞台上是没有合唱队员的位置的!”这是我第一次投稿失败后编辑给我的退稿信里的一句话。那年我18岁，大专化学科毕业后分配在本市一所中学里当教务员，在排课表和刻蜡纸之余迷上了文学，拼命地阅读外国的小说和诗歌。从小爱唱歌跳舞的我当然知道作为一名合唱队员的快乐和悲哀。糟糕的是弱智的我分不清文学的舞台和人生的舞台，把小说当成了生活又把人生当成小说，在本该恋爱的时候没有恋爱，本该结婚的时候没有结婚，本该生孩子的时候没有生孩子。于是，才有今天的独自凄凉与落寞。

喜欢惠特曼的《草叶集》，读过他的《我歌唱带电的肉体》，当时却不知道名满天下的大诗人终生未婚；喜欢米斯特拉尔的《母亲的诗》，但知道这个得诺贝尔文学奖的女人从未作过母亲。女人生来都不是作淑女的，我喜欢的李清照和朱淑真，她们的生活就是在今天看来也前卫得很啊！我不明白这个道理，总是把别人打扑克下棋逛大街的时间用在了书本上，用一本又一本的书断送了自己的青春岁月和父母大人抱外孙的希望。如果说：“不孝有三，无后为大”的话，我实在是大不孝了，因为我是父母唯一的女儿啊!

“嘿，你到前面来!”冥冥中有个声音在招呼我。

我踮起脚尖走到了舞台上，聚光灯跟随着我的旋转和跳跃，我穿着洁白的衣裙但跳得好孤单，我的脚尖在渗着血可台下却没有几个观众，我想我就是跳到死可能也没有掌声，但我只能不停地跳下去了，像个中了魔法的人。

书 评

一幅北京女人的漫画

——《悦读京城女》概说

如果说《悦读海派女》是工笔仕女图，《悦读江南女》是泼墨写意的国画，那么，《悦读京城女》则可以说是一幅让人忍俊不禁的漫画了。

作者李青菜有女王朔之称，《悦读京城女》写得风趣幽默，机灵轻巧。全书分为“书说戏说”、“衣”、“食”、“住行”、“杂拌儿”、“身边人身边事”几个部分。作者写道“自然率性、朴实自重的北京女人，头插金钗珠玉，怡然自得，身着粗衣布裙，不卑不亢。所谓金钗布裙，不掩国色。”“平时素面朝天，很少有北京姑娘抱着镜子不撒手的”这就和喜欢不时地照照镜子，多少带点自恋色彩的江南女大相径庭了。

主编林丹娅说李青菜在书里“既入得书香戏味又出得街面市井”，作者写了毛毛、红英、阿尤、何燕四个开店卖鞋、衣、包等的女人，说她们是“一把子四根水葱儿”，如形容阿尤有“四个坚持”：“坚持开朗、坚持热情、坚持阳光灿烂、坚持热爱生活。有这四项基本原则垫底儿，阿尤品牌的服装自然帅气利落，一点也不拖泥带水。”读来令人拍案叫绝。

北京女人很多人自己买房，很多人有驾照，不少人有私家车。有个廖佳“最初只是一个酷爱旅游的办公室白领，自从1996年买了菲亚特乌诺就变成了狂热的业余游侠。”2001年，她单人独骑环绕欧亚大陆作洲际旅行，行程6万多公里。2003年完成“派力奥走遍中国”的计划，行程8万多公里，这是第一个女性驾车走遍中国的纪录。京城女有的喜欢烹饪，有的热爱收藏，有的喜欢编织，有的热爱剪纸……“我大胆喊一句：‘没有爱好的女人是没有前途的女人’”。我们从中可以看出“北京姑娘不是现代版的虎妞，她们拥有高学历，体面的工作，小有智慧，清白透明豁达地生活着。”作者在“杂拌儿”一章里有一节“贫嘴呱舌”，说北京女人特有语言天赋，爱贫爱逗，其幽默感常表现在话里带刺让人哭笑不得。作者写洪晃时写道“我想中央台真是不能随便去，什么样的才情都能给磨没了，女王朔硬生给收拾成女干部了。”

我所列举的只是一小部分，然而“一滴水也能反映出太阳的光辉”。这本书还得你亲自阅读，才能得其中三昧，领略它的无限风光。

小楼一夜听春雨

——《悦读江南女》随感

在小桥、流水、人家的江南，有着许多美丽的故事，“生长于江南的女子，她们从雨水中走来，携着雨水般淡然而美丽的愁情。”如果你想知道这些女子的美丽与哀愁的话，就请看这本《悦读江南女》吧！

如果说佳妮的《悦读海派女》是一幅华丽细腻的工笔仕女图，那么，鲍贝（小雨）的《悦读江南女》则是一幅泼墨写意画。我仿佛看到“雨雾中走来撑着油纸伞的姑娘，仿如一个梦的幻影，令人禁不住绮思满怀。”这是我读罢《悦读江南女》后的第一个感想。书中的文字犹如荷叶上的水珠，晶莹、灵动，美不胜收。

江南是水乡。“最能将水的秉性体现出来的，我以为非江南女子莫属。而最能将江南女子的本性诠释清楚的，也莫过于水了。”贾宝玉说“女人是水做的骨肉”，江南女犹然。书的第一辑“水姿花态”写了江南女子的“撩人”、“粘人”、“嗔”、“自恋”等情态，动人心弦。既有张爱玲、白娘子、唐婉，也有西施、苏小小、李香君、秋瑾等等的传奇。她们“因为柔，所以韧，因为刚，所以烈”。书中第二辑“风情月债”中写江南的黄酒、女儿红、茶、小桥、花等。作者写道：女人“像茶一样，等待着某一天将自己交出，心甘情愿地投入到沸腾的水里，散发出自己的色与香来。”可见“从来佳茗似佳人”。作者在这一辑还写了江南的粥、零食、泡饭、水磨年糕以及丈母娘煮给女婿吃的糖煮蛋、“猫耳朵”，读来令人回味无穷。在第三辑“云心雨意”里，作者写江南的雨巷、丝巾、旗袍、女红等等，还写了越剧，写了江南女人对“才子佳人”戏的情有独钟。俗话说“江浙出才子”，作为女人，谁不想自己能美梦成真？在“坐愁红颜老”一节里，作者写了“小嫂儿”和“老嫂儿”的心思与梦想。对乡下女人，她写了“后门风景独好”一节，“后门大都连着厨房。因为朴素和简陋，女人们才喜欢。”“乡下女人的命运是离不开后门的，从这个后门到那个后门，一个女人的一生也便这样了”，字里行间透着些许苍凉。

“哗啦啦，哗啦啦”是雨打芭蕉的声音，还是邻居搓麻将的洗牌声？“小楼一夜听春雨，深巷明朝卖杏花”，充满了诗情画意的江南，孕育了多少如梦似幻的女子？你想认识吗？

岁月如歌，生命如歌

——《悦读潇湘女》读后感

这是一部关于湘女的雄浑的交响乐。第一辑《山水湘女》是序曲，第二辑《景物湘女》是展示部，第三辑《才情湘女》是高潮，第四辑《多艺湘女》是尾声。读来令人心潮起伏，久久不能平静。

提起湖南人，就会想起红辣椒。书的第一章写的就是“湘女之辣”。“泡在温柔乡里骨头都麻了酥了的甜蜜日子，低眉顺眼忍气吞声大家庭夹缝里小媳妇的窝囊日子，一潭死水情感机械麻木冷漠的干瘪日子，辣妹子是绝对过不惯的……她要跑，要跳，要冲，要蹦起来，见世面闯江湖，做一番自己的事业；她要让生命呼呼地像烧着了火一样燃烧起来，像震耳响天的鼓点，飞扬跋扈的热舞，急急锵锵，风风火火。”在这一辑里，作者写富有传奇色彩、现居美国、事业有成的辣妹子周，写了残疾人丽姐姐对生活的热爱，写歌唱家宋祖英，写杨开慧对毛泽东的爱情，写同盟会第一个女会员唐群英，写“荷塘八女杰”……写得苍劲豪迈，令人对潇湘女肃然起敬。

在我视为“展示部”的第二辑《景物湘女》中，作者介绍了长沙的小巷、小吃，如口味虾、臭豆腐等，还提到“湘江剧院”“蓝天国剧社”，讲到“长沙京剧票界历经百年，票友们在这座南方城市时聚时散，但无论战火、动乱、贫困，什么也不能阻止他们对京剧的热爱。”作者是这样写长沙的酒吧的“它要的就是闹、吵，轰隆隆地永远像一个热气腾腾的机器轰鸣的大车间”。此外，作者还介绍了“土匪腊肉”和花鼓戏。在该辑的第三章“杂花生树红袖书香——风物湘女”里作者写了中年女画家蔡皋，“面对这样的中年女子，竟有如面对阳光下一颗颗闪亮的水晶，有种心醉的甚至心碎的美的眩晕。”作者还特别写了她一个爱读书的女同学几十年如一日的读书经历。在这一辑里，还写长沙人的衣着很有品位。“爱穿会穿，古已有之”。

在高潮的第三辑“才情湘女”中，作者写“自古湘女多才女”，写当代散文家叶梦和小说家残雪、画家何唯娜，在第二章“烈烈张狂气楚楚女儿身——湘女之狂才”中，作者写道“在这个光彩耀眼的湖南群落里，有一批又一批同样有阳刚之气、大家之风，有烈烈如火如电般楚狂才华的湖湘女子们。她们像黑暗夜幕中的一道道雪亮的闪电，一声声震耳的惊雷撕开沉沉铁幕，炸响莽莽荒原，与湘楚须眉豪杰交相辉映，成为中国妇女解放史上、中国革命史和文化史上令人肃然起敬的湖南才女群落”。作者着重写了丁玲、白薇、谢冰莹三位同时成名的女作家的经历，由于她们的“狂”，“她们极易受到误解、扭曲、甚至创伤，陷入不断的误会与麻烦”因而命运坎坷。“但我们依然会为她们身上所体现的那种浩荡的生命之力所深深打动，她们性情才情之烈、之狂、之痴，无不是饱蘸了女子的热泪与鲜血，饱蘸了最痛楚的情感创伤而来，是一种要争自由争解放不再做男子玩物与奴隶的绝地反击，是昂扬的如火似会文化的影响。作者特别提到了张爱玲和林海音，并且说张爱玲比林海音的影响更大。

《悦读台北女》一书分为《上篇：心路历程半世纪》，包括：一、海色无穷尽；二、哀怨的坚持；三、纯情渴求；四、天涯浪漫；五、自己的天空；六、颓靡悲凉世纪末；《中篇：角色种种》，分为：一、女儿；二、妻子；三、地母；四、情人。《下篇：感性世界》，包括：一、她们的妆饰；二、她们的书房；三、她们的唱片；四、她们的影院。比起另外四本出自女作家之手的《悦读××女》来，身为男性的作者写得更为理性、更显书卷气。如“妻子就像从专制走向民主的国民，突然发现了自己从前所处的位置就等同于专制下的子民，而丈夫不过是独裁暴君。温情脉脉的面纱一旦破裂，夫妻之间的相处突然感受到了尴尬，尴尬之后是寻求解脱，不外乎战斗或者逃避……”“台湾女性的妻子角色在近二十年来有相当大的变动，这与台湾两性社会的演变，特别是家庭结构的快速变迁密不可分。”

总之，这是一本透视海峡彼岸女性世界风云变幻的书，体现了作者深刻的洞察力和深厚的学养，它犹如一幅色彩斑斓的油画，令人爱不释手，在书中流连忘返。

众人皆醒我独梦，举世皆浊我独清

——张欣小说《对面是何人》读后感

发表在2009年《收获》第三期上的女作家张欣的长篇小说《对面是何人》，描写了一个成天沉迷于武侠的男主人公李希特和一个勤劳、善良、单纯的妻子如一一家人悲欢离合的故事以及如一的女同事小美妈及小美的命运遭遇。如果说李希特是“众人皆醒我独梦”的代表，那么，中了1200万彩票最后都赔在李希特的武侠电影上的如一则堪称“举世皆浊我独清”的代表，而她的同事小美妈则是当今虚荣、时尚、会来势又不屈服于命运的女性的代表。作者的笔既像一把剖析社会的冷峻严厉的手术刀，又像一个洞察人性使之纤毫毕露的显微镜。读来令人感到一种淡淡的忧伤，而这种忧伤正是一种艺术的唯美。

《对面是何人》讲的是住在贫民窟却沉迷于武侠小说，把热爱当特长的李希特去学咏春拳，遇上拳师雷霆，而雷霆是个拍过两次武侠电影因为票房惨败而妻离子散，只身一人从香港来此隐居的人，他和李希特成了知音。在假发厂当女工的如一正好中了1200万彩票，她对周围的人守口如瓶，却对李希特说了，李希特问如一有什么梦想，如一说没有，她只要买下由设计师甘笔在经营的手工社，因为如一会编织毛线，业余时间编好由甘笔组成系列出售。为了养家，也为了不使自己成为家里会行走的旧家具，如一有空还和小美妈一起到街上设摊“走超，他学的东西对中国有没有用？梁启超说：唐开元天宝间李白、杜甫对国家的贡献大还是姚崇、宋璟的贡献大？为中国文化史及全人类文化史起见，姚、宋之有无，算不得什么事；若没有了李、杜，试问历史减色多少呢？梁思永回国后把毕生的精力都奉献给了考古事业，虽九死其犹未悔。这个故事深深地打动了我，使我立志在有限的人生里书写人生。

世界上只有中文，只有汉字，能够把“**生活**（标题）网。”（北岛诗）变成一首诗。只有中文能够横着写竖着写，左斜写右斜写，在排列组合成妙趣横生的书法的同时构成和谐美妙的诗篇。我想我活在世上的使命就是把中文写好，写美，也许我的这个想法过分天真，但我九死不悔。

石兆佳

2013年3月28日

鸣 谢

此书的出版得到复旦大学中文系作家班同学丁阿虎先生的支持和赞助，特表感谢！